LE SILENCE DES NOYÉES

lemasque.com

Gabriel Katz

LE SILENCE DES NOYÉES

ÉDITIONS DU MASQUE
17, rue Jacob, 75006 Paris

Maquette de couverture : Louise Cand
Photographie : © Magdalena Russocka/Arcangel

ISBN : 978-2-7024-5127-4

Après avoir été longtemps ghostwriter pour des people, des hommes politiques et des écrivains à succès, **Gabriel Katz** devient scénariste de télé et auteur de romans de fantasy, pour lesquels il reçoit plusieurs récompenses, dont le très prestigieux prix des Imaginales. En 2022, il écrit *Les Papillons noirs*, le roman mis en abyme dans la série à succès du même nom sur Arte/Netflix.

Une main dans ses cheveux. Presque douce, comme une caresse, puis ferme, lourde, insistante, intrusive. Dans les vapeurs du bain trop chaud, elle a ouvert les yeux, prise de nausées, de vertiges, cette tension qui refuse de retomber. Elle voudrait se retourner, lever la tête, dire quelque chose mais elle a bu, trop bu, en croyant que ce serait plus simple, mais non, ce n'est pas plus simple, et son verre est encore à moitié plein. De cognac, d'armagnac, un alcool français qui rappelle les années d'insouciance, de glaçons qui tombent, un à un, dans l'eau brûlante, pour ne laisser qu'une trace infime, un craquement furtif, de petits cristaux qui se désagrègent. La musique danse autour d'elle, trop forte, un peu trop forte, mêlée de savon, de sels, de mousse, de toute cette eau qui perle sur le miroir. Les doigts se referment sur ses cheveux, sa nuque bascule en arrière, son crâne cogne contre l'émail. Elle comprend, c'est maintenant qu'elle comprend, mais elle n'a pas la force de lutter, et son visage s'enfonce. Elle se cabre, elle tend les bras, elle tente à l'aveugle d'attraper cette main qui la pousse, mais elle ne rencontre que le vide, l'air chargé de buée, la peur qui soudain lui vrille les entrailles, et le regret d'avoir bu, trop bu pour comprendre, se cabrer, échapper à l'eau qui se referme sur elle. Elle crie, peut-être, mais sa bouche se remplit, puis sa gorge, ses poumons, tandis qu'elle rue dans le vide, faisant résonner la baignoire sous les coups de ses pieds nus. Le verre roule contre ses cuisses, le cognac se répand autour d'elle, du moins elle l'imagine, dans le flou brûlant qui l'avale, qui l'anesthésie, qui noie jusqu'à sa peur. Un dernier coup de reins, un dernier coup de pied, ce besoin presque animal d'inspirer, de prendre une bouffée d'air, rien qu'une bouffée d'air, juste assez pour remonter à la surface. Juste assez pour ne pas partir. Pas comme ça. Pas maintenant. Et surtout pas ici.

1

Elle m'appelle, une fois de plus. Il est 6 heures du matin ; j'ai froid, malgré le souffle brûlant de la voiture, ces petites manettes que l'on pousse vers le rouge. Au bas de l'échelle, le bleu de l'air conditionné attend ; il attend que je m'endorme pour me cracher au visage son haleine polaire, le vent de la banquise. L'aiguille du compte-tours fait un bond à chaque virage ; j'aime le bruit du moteur, sa voix rauque de mère maquerelle. Si je n'avais pas arrêté de fumer, je donnerais mon royaume pour une cigarette.

Elle m'appelle, avec ses toits noirs et son hall de briques. Dun Mansion, la maison de mon enfance, mon rêve et mon cauchemar. Demain, c'est Noël. C'est toujours Noël demain, et chaque année je me promets que ce sera la dernière.

Je sais, je ne devrais pas conduire dans cet état.

L'autostoppeuse est apparue à la sortie d'un virage, enveloppée dans ses cheveux blonds, son sac à dos posé sur le givre. Un semblant de jour se levait entre les collines, une faille dans les nuages, la lumière froide et douce des lacs du Nord. Les phares l'ont happée presque par hasard, entre les plaques d'ombre qui recouvraient encore la route. À la lueur diffuse de l'aube, elle était la caricature d'une apparition divine.

J'ai passé mon chemin sans décélérer, ivre de vitesse, de bourbon, de lassitude, je ne sais plus très bien. Cent quarante au compteur, à fond dans les ténèbres. La silhouette s'éloignait dans le rétroviseur, avec son rayon de soleil planté au sommet du crâne. Ses cheveux brillaient encore le temps d'une courbe, puis elle a disparu.

D'instinct, j'ai levé le pied. Tout le monde connaît cette histoire, l'autostoppeuse, la fille disparue dans le même virage des années plus tôt, dont le fantôme avertit les automobilistes en danger. Elle est plantée là, elle te regarde. Ralentis ; c'est ici que je suis morte. Le genre de conneries que l'on raconte au coin du feu, quand l'orage gronde au-dehors, bien avant d'avoir l'âge de conduire. Il y a des heures comme ça, des heures privilégiées de communion factice, des coins de cheminée où tout paraît facile. La nuit qui tombe, la fatigue, la jeunesse, les peurs enfouies que l'on réveille avec délice ; je sens encore, comme si c'était hier, cet indéfinissable frisson de plaisir. Et je mettais un point d'honneur à ricaner, brisant la tension qui tissait autour de nous des liens invisibles. L'espace de quelques instants, nous ne posions plus, nous étions frères, nous étions amants. J'ai le souvenir de têtes posées sur mon épaule, de mains fines qui serraient mon bras, de visages blottis au creux de mon cou. Elles se ressemblaient toutes, filles de famille, leurs sous-vêtements dépareillés sous leurs jeans et leurs T-shirts, comme si personne, jamais, n'était censé les déshabiller. J'avais seize ans, peut-être dix-sept, l'autostoppeuse n'était qu'un épouvantail, et nous étions des moineaux. Aujourd'hui, je ne suis plus sûr de ne pas croire en elle, en Dieu, on ne sait jamais. J'ai freiné. Deux accidents dans une vie, c'est trop. Chacun porte sa croix, je n'ai pas signé pour deux.

La mienne remonte à cette nuit d'hiver qui meuble encore mes fins de soirée et mes fonds de bouteille, ces visions de pare-brise en miettes, le sang qui goutte sur le verre, mon genou broyé dans un étau de tôle et je ne sens rien, ni douleur ni émotion, rien. Les lumières de l'autoroute, d'un orange sans chaleur, et les débris de verre qui brillent un peu partout. J'ai embrassé un camion de quinze tonnes au sud de Londres, il y a quatre ans et neuf jours. Et dix jours, puisque, malgré la timidité de l'aube, on est déjà le 24. J'ai offert ma jambe et ma hanche gauche au dieu de la route, je n'ai plus rien pour lui.

Cette fille n'est pas là par hasard. Personne n'est là par hasard. J'en suis presque certain, peut-être parce que je n'ai pas dormi, que j'ai froid, que j'ai sommeil. Elle serait belle avec des ailes, une auréole et peut-être un enfant dans les bras, englué dans la cire d'une icône, un enfant que l'on pleure, trente-trois ans plus tard, au sommet d'une colline balayée par les vents. Je sais, je ne devrais pas conduire dans cet état.

Et maintenant elle dort, la tête contre la vitre ; en cas de choc, son crâne éclaterait comme une noix. Elle n'était qu'une ombre entre deux collines, et maintenant elle dort. Près de moi. Sans ceinture. La clim me souffle au visage, la manette descend toute seule, je pourrais le jurer.

Je ne sais pas ce qui m'a pris de freiner à mort, deux kilomètres plus loin, de risquer un demi-tour acrobatique en mordant les cailloux du bas-côté. Quelque chose me disait : c'est elle, c'est maintenant, c'est inévitable. Et elle dort, comme si on se connaissait depuis dix ans. Elle pourrait avoir peur, au moins ; je déteste cette confiance qu'on me prête au premier abord. Je pourrais être un tueur psychopathe, un violeur d'enfants, de cadavres, d'autostoppeuses. Cette manie qu'ont les gens de m'aimer me crispe au plus haut point.

Dans la rue, c'est pire. À traîner la patte comme je le fais, on récolte leur bienveillance sucrée, leur charité chrétienne. Des adolescents boutonneux se lèvent pour me laisser leur place dans les lieux publics. À la première bousculade, on me demande si je vais bien, si je ne veux pas m'asseoir un moment, reprendre mon souffle, traverser la rue accroché à leur bras comme une vieille rombière. J'ai trente-cinq ans, je ne suis pas encore mort ; ils voudraient bien, tous. Mais je suis encore vivant.

Dun Mansion est à dix kilomètres à peine et la Sainte Vierge dort toujours du sommeil du juste. La tentation est trop forte ; à cheval sur la ligne médiane, j'enchaîne deux ou trois virages en cherchant du pied le plancher derrière l'accélérateur. Le moteur proteste, éructe comme un vieillard tuberculeux puis prend sur lui, le râle devient rugissement, nous volons sur le bitume comme des oiseaux sans ailes. Dieu sait ce que je donnerais pour que les roues avant quittent la route, que le nez de la voiture se soulève, puis le reste, l'arrière, l'arrière que je sens si lourd, l'arrière qui attire le sol ou que le sol attire, je ne sais pas. L'air conditionné s'est déclenché à nouveau, il fait un froid de gueux, mais je m'en moque, je vole, nous volons, elle aussi et pourtant elle dort, en plein rêve d'Icare, en pleine altitude, sans profiter de la vue, de l'ivresse, de la vie, c'est un comble. Je vois d'ici le clocher de Dun Mansion, et je voudrais lui dire : regarde, ce sont les toits de mon enfance, mais la route s'engouffre sous mes roues, trop vite, trop noire.

2

J'ai retrouvé Dun Mansion sans émotion. Les années se suivent et se ressemblent ; Samantha, qui n'a pas pris une ride, m'accueille au pied de l'escalier. Quel âge peut-elle avoir ? Quand j'étais gamin, elle avait déjà cinquante ans, je crois. Ou soixante. À son léger froncement de sourcils, je me souviens de ma passagère, qui dort toujours sur son siège, indifférente au jour qui se lève, au vent de la mer qui souffle entre les arbres.

— Une amie, monsieur Scott ?

Non, ce n'est pas une amie. Je l'ai ramassée sur le bas-côté, comme une professionnelle. Je m'étonne, d'ailleurs, de la trouver là, comme si elle avait pu descendre en route.

Jusqu'ici, je n'ai dérogé qu'une fois à la règle d'or en introduisant à Dun Mansion une fille qui, de toute évidence, n'était pas destinée à devenir ma femme.

Je devais avoir quatorze ou quinze ans, je ne sais plus. Elle vivait au village, nous nous étions rencontrés sur la plage, entre deux coquillages. Diane, si ma mémoire ne me trahit pas, Diane dont la poitrine était étrangement lourde pour son âge. L'amour nous avait frappés de plein fouet dans toute sa mièvrerie, fade et poisseux comme un sucre d'orge. Mais j'étais jeune, nous avions la foi. Le cœur battant, je l'avais invitée à franchir la frontière invisible qui séparait les terres communales du domaine des Mc Brennan. Un siècle plus tôt, elle aurait risqué la bastonnade.

— Tu ne nous présentes pas *mademoiselle*?

Je revois mon grand-père comme si c'était hier, sa raideur et sa morgue. Cet homme sans âge, droit comme la justice, sans une once d'humanité. Aujourd'hui, le patriarche n'est plus qu'une vieille carcasse imbibée de gentillesse sénile et d'altruisme tardif. Il ne sait plus lui-même le monstre qu'il a été, le monstre que je m'étais juré de faire expier un jour. Le temps est loin des promesses faites à une paysanne dans un coin du grand hall, pendant qu'on allait chercher son père au village. Pour faire bonne figure devant le patriarche, ce métayer aux épaules basses avait rossé sa fille dans la cour du manoir, devant la famille réunie. Personne, même pas moi, n'avait laissé entendre une protestation. Elle poussait des cris aigus, comme un chat sauvage. Du fond de mon chagrin, je crois avoir ressenti une certaine fierté à me détourner, indifférent, l'œil rivé sur la mer. Je viens d'un monde qui n'existe plus depuis des siècles.

Je l'ai revue, dix ou douze ans plus tard, alors que je traversais Dun Hill à tombeau ouvert. Ma promesse de la retrouver, de tromper la vigilance de nos familles était restée lettre morte. Qu'est-ce qu'une promesse à quinze ans, sinon un défi à l'*establishment*? L'humiliation publique l'avait salie à mes yeux, tout d'un coup elle n'était plus rien, une fille de métayer, une domestique. Quand je l'ai revue, elle sortait du Old Jack's, tenant une gamine par la main, enveloppée d'une respectable couche de graisse, le fardeau des années. Ses joues étaient rebondies, rouges à éclater. J'ai pris plaisir à l'imaginer fille-mère, engrossée par un saisonnier, un ramasseur de pommes. Je me figurais l'étreinte, son corps bouffi alangui sur le sable à marée basse, dans un lit d'algues molles. L'idée que j'aurais pu, en d'autres temps, être le père de sa fille m'a fait honte et j'ai accéléré, plaçant sciemment mes roues arrière dans une énorme flaque d'eau. La dernière vision qui me reste de Diane – si c'est bien son nom – est celle d'un visage hébété dans un rétroviseur, d'une grosse femme en jupe longue trempée jusqu'aux os, cramponnée à la main de sa petite fille, cette gosse qui est passée si près du flanc de ma voiture que sa robe s'est soulevée.

Le monde m'appartenait à l'époque. Ce que j'étais, je le vomis aujourd'hui, un Mc Brennan, un *highlander*, un seigneur. Si la flaque avait caché un nid-de-poule, j'aurais tué une petite fille de cinq ans, seulement parce qu'elle aurait pu être la mienne. C'était le temps des certitudes, je m'aimais, simplement. Jusqu'à ce qu'un camion me rappelle à l'ordre, il y a quatre ans et dix jours.

3

Depuis mon accident, j'ai un peu de mal à grimper les marches de l'escalier sans me couvrir de ridicule. L'année dernière, le patriarche a même suggéré, dans un élan de bonté, de recouvrir le bois des îles d'un tapis à mon intention. Pourquoi pas du lino, de l'antidérapant pour baignoires ou un ascenseur, avec un panneau *handicapés* ? Je lui ai craché mon refus au visage, avec assez de hargne pour éclabousser sa fierté au passage. Ses yeux se sont voilés. Il a murmuré un mot d'excuse, lui, le vieux, la statue du commandeur. J'ai pris l'habitude de frapper à l'aveugle, c'est presque machinal. Le temps d'un éclat, je vis, j'existe. Mais ces moments volés, ces infimes revanches me coûtent cher. Les marches sont glissantes, et je risque à chaque pas de me tuer à jeun, ce qui est un comble.

— Et pour la demoiselle, monsieur Scott ?

Je me retourne, dans un mouvement acrobatique. Samantha détourne pudiquement les yeux, feignant de rajuster son col. C'est à voir, pourtant, ne serait-ce qu'une fois, mes petits bonds sur le côté pour stabiliser la machine. Même sobre, je tangue comme un chalutier.

La demoiselle ? Mon autostoppeuse encombre, comme une valise que j'aurais abandonnée au milieu du grand hall, une de ces valises en vieux cuir ou en plastique rouge, couverte d'autocollants, de bosses et de taches. Souvenir de Brighton, I love New York, le genre de valise que l'on fait exploser à l'aéroport, alors que son propriétaire fait la queue aux pissotières.

Nous sommes le 24 décembre 1999, il est 7 heures du matin, Dun Mansion dort encore. Dans moins d'une demi-heure, l'oncle Colin sortira de sa chambre en essuyant ses lunettes, fera un crochet par la salle de bains pour jeter l'enveloppe de son éternelle serviette nettoyante. Dix minutes plus tard, mon père suivra, dans un nuage d'eau de Cologne, *Old English Lavender*, puis James-Ed, les Américains, tante Emma et les autres. Carrie arrivera la dernière, comme toujours, la mine chiffonnée, arborant ses pulls troués comme le drapeau dérisoire de sa petite rébellion. C'est alors qu'ils la trouveront en bas, mon autostoppeuse, ma sainte vierge aux cheveux blonds, ma petite valise cabossée, dans son jean délavé et ses chaussures de bûcheron. Elle sera l'éléphant dans le magasin de porcelaine. À 8 heures pile, qu'il pleuve ou qu'il vente, le patriarche descendra le grand escalier, les bras ouverts et l'œil humide. Il la verra au milieu des siens, plantée là comme une mauvaise herbe et son visage se refermera. Se rappelle-t-il seulement de Diane, cette gosse du village qui aurait pu porter un Mc Brennan ?

Le bar est étrangement vide, comme l'année dernière. Quelques bouteilles de vin, du Get 27, des sirops, des jus de fruits périmés. Depuis des années, avec une parfaite discrétion, le personnel de Dun Mansion fait disparaître toute trace d'alcool de la maison. Envolés, la prune familiale dont les caves regorgent depuis la nuit des temps, le vieux Scotch et la vodka. Le maître d'hôtel, qui n'a que deux ans d'ancienneté, soutient sans oser me regarder en face que les seules bouteilles de la maison sont là, au fond de cette pauvre caverne aux trésors. Peu importe, j'ai acheté six litres de whisky à la dernière station sur l'autoroute. Il a beau être infect, il est assez fort pour m'aider à oublier que nous sommes le 24, l'anniversaire de mariage du patriarche, dont tout le monde se moque depuis quarante ans, et que tout le monde fête depuis quarante ans.

Linda, la matriarche, est morte il y a si longtemps que je me demande si personne l'a jamais connue autrement que par la fadeur de son portrait, à l'entrée de la grande galerie. Elle s'est noyée dans les eaux noires du nord de l'Europe, alors que le bateau qui l'emmenait en Amérique glissait vers les abysses dans un dernier bouillonnement. Ce bateau existe sans doute encore quelque part, recouvert d'algues et de coquillages, habillé de cette mousse verdâtre qui ronge le métal et rend à la mer ce qui appartient à la mer. De Linda Mc Brennan, née Swanson-Bligh, il ne doit rien rester, si ce n'est, au mieux, un souvenir ému au fond de l'estomac d'un vieux requin-marteau.

Toute mon enfance, on m'a répété que ma grand-mère, que je n'ai jamais connue, était devenue un ange par une nuit d'orage ; j'étais sûr, moi, qu'elle s'était transformée en plancton, même si le concept restait un peu vague à mes yeux. Mon plancton était un ensemble d'animaux minuscules, une espèce à part de crevettes bleues à visage humain, destinées à nourrir les baleines et à donner, grâce à une très forte concentration de noyés, sa belle couleur à la mer. C'était un peu grâce à Linda Mc Brennan, née Swanson-Bligh, que la mer reflétait le ciel ou le contraire.

Ma mère aussi est morte, dans sa baignoire. Elle n'est pas devenue du plancton, mais un ensemble d'asticots sous la terre d'Édimbourg. Quelque chose a éclaté dans son cerveau, dans les vapeurs trop brûlantes de son bain, pendant que les beatniks cherchaient leur voie sur le chemin de Katmandou. Je sais, j'ai hérité de ses yeux, de ses cheveux, de son talent et de Dieu sait quoi encore. Mon père a parlé à sa photo, des années durant, dans la bibliothèque de l'appartement de Hyde Park. Il nous croyait au lit, nous l'observions avec curiosité par le trou de la serrure. Aujourd'hui encore et pour lui seul, elle est morte hier. Elle meurt sans doute tous les jours, c'est un cauchemar quotidien. Peut-être qu'il parle toujours à la photo, cette image qu'il couvre de baisers même si elle est glacée, figée dans son cadre comme nous tous, highlanders d'un autre âge pour qui Noël n'est pas Noël, mais le lendemain du 24.

J'ignore la raison qui a poussé mon père à ne jamais se remarier. À l'approche de la soixantaine, il est encore assez séduisant et passe le plus clair de son temps avec une lady je ne sais plus quoi, veuve à trente ans, toujours veuve à quarante et plutôt jolie, dans le genre grand cheval. Il jouait au polo, ou peut-être au bridge, avec feu son mari. Ils partagent la même passion pour l'opéra et se retrouvent à la Scala, à Paris, au Bolchoï, à Bayreuth. Je ne les ai vus ensemble qu'une fois, par hasard, à la terrasse d'un café de Salzburg, le lendemain du récital d'un rossignol émasculé, que je m'étais infligé pour faire plaisir à une ancienne danseuse. Attablés devant une tasse de chocolat, les yeux cernés, le sourire complice. À mon approche, mon père a bondi de sa chaise comme un gamin surpris devant un porno. Ça fait pourtant vingt-cinq ans que ma mère est morte, il est normal qu'il vive sa vie avant que l'âge n'érode ses articulations, ses yeux, son ouïe et le reste, avant de le pousser à son tour vers le grand trou béant.

J'ai fait les présentations, lui non.

— Mon père, Alicia Bennett.

Il a serré la main de ma danseuse avec un enthousiasme de politicien en campagne, sa bonne vieille technique pour passer pour ce qu'il n'est pas. Je le connais par cœur, moi, son sourire figé de statue de cire.

— C'est fou comme le monde est petit ! Figure-toi que je suis tombé sur une amie en sortant du récital.

Par pur plaisir, je ne l'ai pas quitté des yeux ; je savais qu'il sentait mon regard dans le sien, un regard de reptile, le poids du remords. Mon père est presque trop facile à tromper. J'ai laissé avec délectation le silence s'installer autour de nous, froid comme une averse. Personne n'est plus doué que moi pour plomber l'ambiance.

— Scott m'a beaucoup parlé de vous, a-t-il fini par dire, alors que la dernière fois que je lui avais parlé de qui que ce soit remontait à l'anniversaire de mes seize ans.

— Je suis flattée, a répondu Alicia, que je connaissais depuis trois semaines.

Elle m'avait raccompagné un matin, au volant de ma propre voiture, à la sortie d'un bar de Soho où j'avais choisi de dormir entre le piano et la porte des toilettes, tétant une bouteille de Grouse. Elle faisait des photos pour une agence new-yorkaise, son cul était un poème, elle était vive et drôle ; je l'aimais bien. C'est sans doute pour toutes ces raisons conjuguées qu'elle m'a quitté un mois plus tard pour un photographe amateur, sobre au réveil, et dont les deux jambes plient.

Après un échange de banalités, mon père m'a pris à part, avec une gravité qui outrepassait les circonstances.

— Je ne veux pas que tu croies qu'il y a quoi que ce soit entre elle et moi.

J'ai répondu par un sourire qui pouvait tout et rien dire.

— Et ne t'avise pas de me juger, parce que jamais – tu entends, jamais – je ne tromperai ta mère, s'est-il écrié en perdant sa réserve, pour la première fois depuis un siècle.

Il n'y avait plus grand-chose à tromper, mais il me semble avoir eu la charité de ne pas le lui dire. J'ai dit « bien », simplement, avant de retourner m'asseoir et de commander un double bourbon.

Je le sentais dans mon dos, perdu dans ses pensées. Dans son esprit devaient se bousculer la culpabilité d'avoir pensé à mal – car malheureusement pour lui, depuis vingt ans il n'a fait que *penser* à mal – et son aversion pour ce que je suis devenu. À cette table, sous ses yeux, il y avait lady je ne sais plus quoi, la tentatrice,

Alicia, ma danseuse, et moi, son fils, autrefois sujet de fierté, épave échouée au hasard des villes d'Europe. Je sais ce qui a dû se passer alors dans la tête de sir Oliver. S'il n'y avait pas eu James-Ed pour reprendre le flambeau, il aurait entrevu à cette table la fin de la saga du clan Mc Brennan, la fin de huit siècles d'histoire. À cet instant, j'en mettrais ma main au feu, le futur patriarche du clan a cru entendre la voix de Cassandre.

4

Clara. C'est comme ça qu'elle signe. Clara tout court, en petites lettres rondes, inclinées, cramponnées les unes aux autres comme si elles baissaient la tête sous le vent. Son vrai nom, c'est Clara-Eve, mais elle ne l'aime pas, elle ne l'a jamais aimé, parce qu'il est long, que personne ne s'appelle comme elle, et que tout le monde le prononce Clarève. C'est laid, Clarève. Et puis ça prend trop de place en bas d'un tableau.

C'est difficile de signer avec un pinceau.

Son nom s'est fondu dans le ciel, il n'a plus de fin, la dernière lettre n'est plus qu'une tache, un reste de noir, alors elle l'efface doucement, en effleurant la toile, et à chaque passage il disparaît un peu plus.

C'est magique.

Elle a voulu faire un ciel, le ciel, celui qu'on voit par la fenêtre, un bleu d'hiver sans nuages, et un oiseau, une ombre d'oiseau, celui qui est passé au-dessus du jardin avec ses ailes blanches. Rien d'autre. En donnant de petits coups de pinceau, comme son père, pour faire apparaître des choses qu'on ne voit qu'en reculant d'un pas.

C'est difficile de faire des plumes dans la lumière.

C'est impossible de faire le vent.

Clara ferme les yeux. L'odeur de la peinture lui fait tourner la tête, comme si chaque couleur laissait échapper son parfum. Ça sent le métal, l'essence, et quelque chose d'indéfinissable, de grisant, d'interdit. La peinture à l'huile. La peinture des grands. Celle qu'on libère sur la palette, qu'on mêle de noir, qu'on gorge de blanc, qu'on adoucit de jaune, pour obtenir des couleurs qui n'existent pas. Celle qu'il ne faut pas toucher, parce qu'elle salit les doigts, les murs, les meubles, parce qu'elle laisse sur les tapis le souvenir des teintes oubliées.

Elle a tiré les voilages, pour mieux voir ce jardin qu'elle pourrait dessiner de mémoire, parce que les couleurs changent aussi vite que les nuages qui courent dans le ciel, et qu'un jour, peut-être, elle pourra les saisir, les fixer sur la palette, et se rappeler que le ciel d'octobre, c'est un peu de gris, un peu de blanc, un peu de mauve, une goutte de jaune. La lumière du dehors s'est glissée dans la chambre et tout a changé, les reflets sur le papier peint, les mille couleurs du couvre-lit en laine, le velours sombre de l'abat-jour, qui scintille comme un rocher sous la pluie. Un rayon de soleil a percé entre les arbres. Il soulève des particules de poussière qui dansent. Il éclaire le visage des poupées, fait briller leurs yeux de verre, et quand on les regarde, sagement alignées sur le coffre à jouets, on a l'impression qu'elles sourient.

Clara se sent bien ici. Sa chambre, ses meubles, son lit, son refuge. Elle aime cette petite maison plantée dans un jardin étroit, entre deux murets de brique, avec ses deux arbres, sa vieille balançoire rouillée dont les gonds se sont figés. L'odeur du bois, du feu dans le poêle, de la soupe qui mijote. Les souvenirs. Et les gouttes de pluie contre le carreau en hiver.

Une porte claque. Des voix résonnent.

Clara repose sa palette, revisse les tubes, mais il est trop tard, le cœur s'emballe, les petits bouchons lui échappent, et puis c'est inutile, la peinture est partout, sur la toile, sur les pinceaux, dans l'air qui flotte tout autour, dans son petit sourire coupable. Son père fronce les sourcils, pour la forme, mais il sourit aussi, parce qu'il s'y attendait, parce qu'il la connaît comme personne, et peut-être par curiosité, depuis le temps qu'elle insiste, depuis le temps qu'elle supplie. La peinture à l'huile. C'est ça qu'elle veut. La gouache est partout, encadrée sur les murs, avec ses couleurs douces, ses maisons au bord d'un étang, ses pommiers, ses collines. Le jardin. Les oiseaux. Les dessins d'école, chargés de félicitations. Les premières toiles. Les bleus sans profondeur, les verts trop verts pour suivre les saisons.

Mais à dix ans, on n'est plus une petite fille. La peinture, la vraie, c'est celle que son père fait vivre sur sa palette. Tous les jours, elle attend qu'il rentre du bureau pour bourrer sa pipe, enfiler son tablier et se transformer en peintre, avec elle, toujours avec elle, sa petite assistante, sa petite apprentie. Sa fille, son soleil. C'est comme ça qu'il l'appelle, mon soleil.

Personne ne l'appelle Clara-Eve.

Il s'approche, tout beige de la tête aux pieds, avec son vieux pull à losanges, ses chaussures molles et son pantalon en velours côtelé. Il croise les bras. Il hoche la tête. Et il regarde. Longtemps. Sans rien dire. Il regarde le ciel bleu griffé de coups de pinceau, l'oiseau blanc aux ailes trop courtes, le trait rouge qui lui sert de bec, les petits points qui ne ressemblent pas vraiment à des plumes. Clara lève les yeux sur lui, parce qu'elle sent qu'il la regarde, et qu'il va dire quelque chose. Deux mots. Seulement deux mots.

— C'est beau.

Les larmes montent, la gorge se serre, c'est un bonheur pas comme les autres, qui donne envie de pleurer, et il ouvre les bras, viens mon soleil, viens que je te dise qu'on ne désobéit pas à son père, et que c'est beau ce que tu peins.

Elle a fait un ciel.

Le ciel.

Et demain, il ira lui acheter une palette. Sa palette.

5

Tous les ans, le même tour du propriétaire. Il fait plus froid que l'année dernière, je crois, et la maison m'appelle, comme autrefois, de sa voix de vieille femme acariâtre. Reviens, siffle-t-elle, reviens. Il suffit que je m'éloigne, que je fuie son air vicié, chargé de suie et de grands principes, pour qu'elle se mette à hurler à la mort, inlassablement, tendue vers moi de toutes ses cheminées. Il est étrange de constater à quel point je lui manque, cette maison qui a avalé tant de générations que nos visages ne font plus qu'un. Jamais Dun Mansion n'a consenti à me laisser m'éloigner en paix. Longtemps, j'ai cru qu'elle pouvait m'oublier, me libérer, se contenter des bouffons qui y jouent chaque année une comédie ridicule ; James-Ed et les cousins, les oncles, les tantes et les fantômes de nos aînés. Mais il est écrit qu'aucun membre du clan n'échappera à cette terre, car nous sommes cette terre, nous sommes froids et sombres comme elle. Même à Londres, parfois, quand la nuit se mêle au bourbon, il me semble entendre son appel lancinant. Reviens, murmure-t-elle, reviens ; ta place est ici, dans les boiseries, parmi les livres poussiéreux, les tapis et les coffres, derrière les vitraux de la chapelle, où tu aimais te réfugier enfant. Viens, je suis ta mère, puisque ta mère est morte.

N'empêche. Comme tous les ans, je m'arrache à l'inertie du grand salon, où l'oncle Colin somnole, engoncé dans un fauteuil. Le froid me saisit au visage, chasse un peu l'alcool et les pensées noires, et me porte vers la mer, là-bas, derrière les arbres. Le spectre du déjeuner me gâche le plaisir, et pourtant je respire l'air marin, humide, presque gris, du domaine. Je prendrais bien un autre verre, mais je n'ai plus rien sur moi, un cadavre de Johnny Walker que je jetterai à la mer. La mer avale tout sans discernement, les bouteilles, les remords, les reproches. Ma bouteille ira rejoindre les autres, les bouteilles vides, et celles des naufragés qui ont un jour confié aux courants le témoignage de leur solitude. La mer a englouti leurs espoirs comme elle engloutira mes fautes ; ma bouteille, mon amie, mon enfer. Elle a digéré Linda Mc Brennan, elle saura bien avaler Johnny Walker.

Je n'ai pas atteint la plage que les nuages se déchirent. On dit que la cloche de midi résonne jusqu'au village. Je n'en sais rien ; je n'ai jamais eu la chance de me trouver au village à l'heure du déjeuner. La cloche de midi, c'est le glas, la messe des morts, le signal d'un formidable massacre culinaire qui se reproduit chaque Noël depuis la nuit des temps. Peut-être est-ce en souvenir de sa femme-plancton que le patriarche s'évertue à faire servir du poisson à sa table, malgré les réticences du vieux cuisinier qui ne jure que par les ragoûts. Tous les ans, ce sont les mêmes yeux de sole braqués sur moi comme deux billes carbonisées. Le beurre noirci, les écailles luisantes, le persil rare et la peau molle… Et cette bouche, qui sourit de mille dents pointues ; tu as voulu venir, mange.

Cette année est une année comme les autres ; je déteste le poisson.

6

L'oncle Colin s'est endormi dans son fauteuil. L'air froid a dilué l'alcool dans mes sens, dans mon sang, sous ma peau. Je me sens presque bien.

Deux fois, trois fois, je secoue sa carcasse, et son visage, enfoui entre deux coussins, me paraît plus porcin que jamais.

— À table.

Chaque année, son menton gagne du terrain sur son cou, espérant secrètement faire jonction avec son buste. Non sans une certaine coquetterie, l'oncle Colin dissimule tant bien que mal son goitre sous un foulard de soie qu'il fait bouffer plus que nature. Mais profitant de son sommeil, l'organe se gonfle, et encouragé par ses épaules, se glisse à l'extérieur, distordant le foulard. C'en est presque obscène.

Il se retourne, s'enfonce dans son fauteuil, laisse entendre un étrange couinement.

— À table, fais-je d'une voix plus basse, avant d'ajouter, au creux de son oreille : gros porc.

Les mots coulent dans son crâne, pénètrent son rêve, le réveillent doucement, sans vraiment le réveiller. Il entrouvre les yeux, s'étire, rajuste ses lunettes qui ont glissé sur son nez. Il me découvre, et je sais que mes derniers mots résonnent encore dans sa tête. Il ne saura jamais s'ils viennent de moi, de son subconscient, ou de ce Dieu désincarné qu'il cherche désespérément chaque dimanche, sur les bancs de Saint Peter's, au lieu de faire la grasse matinée.

— Scott ?

— Oncle Colin, à table.

— J'arrive, j'arrive.

La lourde silhouette s'ébroue, rajuste les pans de sa chemise avant de mettre la barre à l'est, vers la salle de bains jaune. Au passage, il trébuche sur les plis du tapis indien, auquel il adresse un réquisitoire inaudible. Je le connais, ce réquisitoire, je n'ai pas besoin de l'entendre. Il est à l'image de sa vie. Il y a toujours des plis quelque part, qui semblent guetter son passage.

Colin Mc Brennan est un vieux garçon sans âge, qui a toujours vécu seul, si longtemps qu'il s'est fossilisé. Il habite un deux-pièces trop propre pour être honnête, quelque part à l'ouest de Londres. Un petit appartement bleu et beige, parsemé de bibelots en cristal taillé, où chaque objet a sa place. Il est comptable, forcément. Je n'ai jamais pu lui imaginer une jeunesse, et encore moins une enfance. À croire que la grand-mère l'a mis au monde sous cette forme informe, une masse un peu floue aux cheveux fins et gras. On le dit homosexuel, sans vraiment savoir. Mais les gens le répugnent, la chair le répugne. Ses ongles rongés se cachent sous la peau de ses doigts. Ses doigts se dissimulent au creux de ses manches. Et ses manches derrière son dos. S'il pouvait se plier, se refermer sur sa propre carcasse comme une poupée russe, il disparaîtrait aux yeux de tous.

Comme tous les ans, la famille se rassemble dans le grand hall. À Noël, les Mc Brennan sont comme des cafards, il en vient de partout. Ils grouillent dans le salon, déferlent dans les couloirs. C'est l'heure de la sole, du poisson trop cuit. Je sais ce qu'ils attendent, et moi aussi je l'attends, l'ouverture du carnaval, l'apparition du patriarche, l'entrée en scène d'un moribond en mal de descendance. On s'embrasse, on se congratule, on s'inquiète des absents, et le froid devient plus vif. Il y a toujours une porte mal fermée, une fenêtre entrebâillée, un carreau cassé qui laisse entrer le souffle de la terre.

Le vieux apparaît au sommet des marches et le clan se tait, suspendu à son pas lourd, ruminant en silence ses rancœurs et ses haines. Il sourit, ouvre des bras de Christ comme pour s'envoler avant de se poser parmi nous, refermant délicatement ses ailes sur sa progéniture reconnaissante.

— Mes enfants… Soyez les bienvenus.

Marche par marche il entame sa descente. Mécaniquement, mon père s'avance vers lui. Il sera le premier à lui donner l'accolade, privilège de l'aînesse. Derrière lui, Melvin, le cow-boy, arrivé le matin même de son Ouest sauvage. Et enfin, Colin, les mains enfoncées dans les poches de son pantalon trop court. Les autres, femmes, petits-enfants, cousins, n'auront droit qu'à un signe de tête, peut-être à quelques mots. Nous n'existons que par le nombre. Nous sommes des sardines, baignant dans l'huile rance de nos traditions.

C'est alors que le patriarche s'immobilise, l'œil attiré par une chevelure blonde qui n'appartient pas à son cheptel. L'autostoppeuse. Mon autostoppeuse. Ses bras retombent, lentement. Je vois ses sourcils se froncer, tandis que monte en moi l'ivresse de l'interdit. Je voudrais croiser son regard mais il ne voit plus qu'elle, comme moi, et pourtant nous n'avons rien bu. Regarde-la, mon invitée, mon inconnue, ma trangression, cette fille que je t'impose parce que je n'ai plus quinze ans, et que tu ne me fais plus peur. Tu te sentiras vieux, Douglas Mc Brennan, et je me sentirai vivre.

— Mes enfants, quel plaisir de vous voir, reprend-il avec un effort, détournant, ou plutôt arrachant son regard de l'autostoppeuse.

— On est affamés ! lance mon père avec une gaieté de principe.

L'oncle Melvin se faufile jusqu'à lui, pose une main sur son épaule et, jetant un œil dérobé à l'autostoppeuse, lui répond à mi-voix :

— Il y a de quoi.

— Je t'en prie, Mel. C'est la nouvelle amie de Scott.

L'autre éclate de rire, et mon père se hérisse. Un gentleman ne rit pas à gorge déployée, c'est affreusement vulgaire. Il le sait, pourtant, l'oncle Melvin, pour avoir erré, comme nous tous, dans la pénombre des parloirs d'Oxford. Et cet accent américain, à couper au couteau.

L'oncle Melvin a quitté la vieille Angleterre il y a vingt ans peut-être, se détournant ostensiblement de la famille. Selon la légende, il se serait engueulé avec le patriarche avant de s'embarquer pour le Nouveau Monde, avec deux valises et mille livres en poche. Il y a trouvé la fortune et l'amour en prime. Mais la terre grise du clan bat dans nos veines, et nous n'y pouvons rien. Du fin fond de la Californie, sous le soleil de Mickey, Melvin Mc Brennan a entendu l'appel de la maison de ses ancêtres. Reviens. Dans le froid, dans le givre, reviens te ressourcer aux brumes de ton enfance… Quinze ans après son départ, Melvin a cédé aux sirènes décharnées de Dun Mansion, un 24 comme il se doit, et je crois que lui-même en ignore la raison. Je l'ai souvent imaginé, le jour de son grand retour, le visage collé au hublot, alors que son avion se posait à Édimbourg. Que de choses devaient traverser son esprit… Que de tentations, et surtout celle de rester à bord, repartir pour San Diego, fuir les bourrasques de pluie oblique qui détrempaient l'appareil. C'était Noël, ou presque.

Le clan a accueilli l'oncle Melvin comme s'il n'était jamais parti. Désormais, il répond présent tous les 24 décembre, avec famille, armes et bagages, comme tout le monde. Sa seule révolte, dérisoire, consiste à s'habiller comme l'Américain qu'il est devenu, à la grande horreur de mon père. Cette année, Melvin porte un costume beige trop clair, des bottes en crocodile, et un lacet de cuir en guise de cravate. Il ne lui manque que le *stetson* et la paire de pistolets pour compléter le ridicule. Je crois savoir que sa maison de San Diego, qu'ils appellent le Ranch, est en passe d'accueillir un haras, ou peut-être un troupeau de bisons.

Sa femme, Marilyn décolorée, est devenue la tante Jenna. À presque cinquante ans, elle s'évertue à porter des jeans déchirés, des baskets à plate-forme et une effroyable coiffure frisottée qui, à la couleur près, ne détonnerait pas dans une cour de justice. On l'imagine si bien servir des hot-dogs dans un *diner's* de la route 66 que le vieux en a omis de faire peindre son portrait, comme le veut la tradition. Tante Jenna est, à ce jour, la seule Mc Brennan a ne pas figurer dans la grande galerie, aux côtés des visages cadavériques de nos ancêtres. Pas assez de temps, sans doute. Difficile de trouver un peintre à Noël.

Leur fils, Ronald – qui se fait appeler Ron, car les Américains détestent appeler les choses et les gens par leur nom – doit avoir dix-huit ans, noie son ennui dans de vagues études de droit, se passionne pour la moto, je crois, ou peut-être le surf, et gratte la guitare dans l'espoir de remplir Wembley un jour.

Quant à sa sœur, Lise-Marie, affublée du terrible diminutif de Lula, elle rêve, comme toutes les têtes vides de seize ans, de promener son cul trop maigre sur les podiums des défilés de mode. À ce qu'elle dit, son nez se dresse entre elle et sa carrière, car il est aussi pointu que celui de sa mère, et que, paraît-il, seuls les petits nez ont une chance de défiler un jour. Jusque-là, l'oncle Melvin lui a refusé la chirurgie esthétique, sous prétexte qu'un nez refait est plus facilement sujet aux fractures. Un jour, peut-être, quand on aura décidé de regarnir enfin le bar de Dun Mansion, un jour, derrière le bouclier de l'alcool, je lui dirai, moi, à cette gamine, ce que personne n'a jamais su lui dire. Elle n'est rien. Ni belle, ni laide. Rien.

— À table, fait une voix.

— Enfin, fait une autre.

Le flot quitte le hall, s'engouffre dans l'aile nord, investit la salle à manger avec un murmure de salle de théâtre. Dans un instant, chacun prendra sa place sous l'œil maternel de Samantha, qui puise dans ces deux jours de pauvre fête sa chaleur humaine de l'année. Les chaises grincent sur le parquet, il fait sombre dehors et j'entends mon nom, perdu dans le tumulte.

Noyée dans la vague d'où émergent les cheveux argentés de mon père, l'autostoppeuse m'adresse un regard de bête traquée. Dans un instant, ce sera la curée, mais je n'y peux rien, il est trop tard pour elle. On l'observe en coin, à l'affût des réactions du patriarche, on compte les chaises. Bien sûr, il n'y a pas de place pour elle. Pourquoi y en aurait-il ? Elle joue nerveusement avec une mèche de cheveux, respire profondément, cherche à fixer son attention sur un détail, un meuble, un rayon de lumière. Ses cils battent, un peu trop vite. Elle voudrait être ailleurs, n'importe où, sur la route, de nouveau sur la route, malgré le vent, malgré le givre. Moi aussi, je voudrais être ailleurs.

— Samantha, ne restez pas plantée là, s'écrie Carrie, sans me quitter du regard. Apportez un couvert pour mon amie, s'il vous plaît.

— Bien, mademoiselle Carrie.

Le patriarche lève un sourcil étonné.

— *Mademoiselle* est une amie de Carrie ? J'avais cru comprendre que...

— Elle travaille avec moi au cabinet, grand-père. Et comme elle était seule pour Noël...

— C'est pas encore Noël, grommelle Ron, avec l'air de celui que l'on a privé de voyage scolaire au parc de Yosemite, mais personne ne lui prête attention.

Le vieux hoche la tête, à moitié convaincu.

— Bien, bien. La prochaine fois, tu préviendras Samantha de mettre un couvert de plus.

— Merci grand-père, triomphe Carrie, et son regard noir me pénètre comme une lame.

J'observe, déçu, la chaise dépareillée que l'on installe entre Carrie et Ron, le couvert que l'on glisse entre deux sets de table. Il ne reste plus rien de la statue du commandeur, pas même un fond de colère. *La prochaine fois, tu préviendras Samantha de mettre un couvert de plus*. Je la regarde s'asseoir, ses longs cheveux masquant son visage, et je lui en veux, confusément, je voudrais qu'elle cherche encore mon regard, qu'elle me supplie en silence, qu'elle se sente à nouveau traquée, acculée, qu'au seul frémissement de ses lèvres je m'imagine qu'elle m'appartient. Mais le battement de ses cils s'est fait plus lent, ses gestes mesurés. Elle déplie sa serviette, posément, comme si elle s'était toujours assise là, à cette place bâtarde, forte de la mièvre bénédiction d'un vieillard.

— Espèce d'ordure, chuchote la voix de Carrie derrière moi.

— Moi aussi, je t'aime.

— C'est qui, cette fille ?

— Je n'en sais rien.

— Je voudrais bien savoir ce qui t'a pris.

— Je t'expliquerai. Va t'asseoir, tu vas te faire remarquer.

— C'est toi qui dis ça !

Elle me pince l'épaule, fait le tour de la table et s'assied à sa place. La famille est au complet, à l'exception des Fairlane, dont on a annoncé le retard. Le brouillard, je crois. Un brouillard assez dense pour échapper au déjeuner.

Les serviettes se déplient, un vin noir coule dans les verres. En bout de table, le patriarche, silencieux, bienveillant, creux comme une figure de cire. Et, de part et d'autre, le sang de son sang, la chair de sa chair. Mon père et son engeance maudite ; un fils médiocre, une fille rebelle et un fils cassé. Melvin, entouré de ses indigènes du Nouveau Monde. Colin, étouffant de graisse et de solitude. La tante Emma, cette vieille folle. Et les places vides des Fairlane.

Du couloir monte déjà l'odeur du poisson, mêlée à celle de la cire d'abeille, des tapis gorgés de poussière, du cuir, des livres. Il y a un souvenir dans chaque effluve, des souvenirs douloureux, un creuset de mémoire que nous nous partageons tous, même ceux qui le rejettent.

Carrie est ma petite sœur. Elle est aussi la fille de notre mère, c'est parfois lourd à porter. Pour alléger son fardeau, elle a coupé ses cheveux noirs très court, les confiant avec une joie sauvage à un apprenti coiffeur de King's Road. Habitué aux crêtes d'oiseau de la faune du quartier, le malheureux a entaillé avec la meilleure volonté du monde sa chevelure de nuit, pour en faire des dents de scie à peine régulières. Pour son plus grand bonheur, Carrie a de grands yeux noirs, très noirs, si noirs qu'on finirait par en oublier le bleu maternel, ce bleu glacé, transparent et liquide. Et pourtant, aux dires de tous, personne n'a jamais pu l'oublier.

Mon père a tout fait pour ramener Carrie dans le droit chemin : menaces, promesses, chantage affectif. À quinze ans, elle était punk, à seize new wave, à dix-sept, néoromantique, autant de noms barbares que la famille a vite renoncé à retenir. Son rêve, c'était de ressembler au chanteur des Cure, ce clown dépressif dont j'oublie toujours le nom, avec sa tête de porc-épic sous acide. D'une année sur l'autre, c'était un défilé de T-shirts déchirés, d'épingles à nourrice, de longs manteaux noirs, de maquillage vampirique et de coiffures en pétard. Aujourd'hui, Ann-Carolyn Mc Brennan approche de la trentaine, arbore une coupe anarchique sur de vieux pulls sans forme, et végète dans un cabinet de vétérinaire, où elle répond au téléphone sous le nom de Carrie Brennan. De son enfance, il ne reste que cet esprit frondeur, brillant, rapide, qu'elle gaspille chaque jour un peu plus. Elle déteste ce qu'elle aurait pu être, et pourtant elle aurait pu être quelqu'un.

À côté d'elle, il y a James-Ed, ou plutôt James-Edmund, son frère et aussi le mien, celui qui siégera un jour à la place du vieux, à supposer que mon père n'y pourrisse pas trop longtemps. Il avale son potage en silence, lentement, recueilli. Je n'ai pas grand-chose à dire sur James-Ed. Il est comme une feuille de calque. Posé sur mon père, il en épouse les contours, d'un trait hésitant. Gestionnaire moyen, joueur de polo médiocre, amateur de vin timide, il est une assez pâle copie de son modèle. Mais je crois qu'il fait de son mieux.

James-Ed est en quelque sorte l'aîné par intérim de la troisième génération. Il épousera une femme qui lui ressemble, bonne éducation, bonnes études et bonne famille, une femme que Dun Mansion brisera comme les autres. Je ne peux plus, moi, monter à cheval, lire le *Financial Times*, sourire à la ronde ou descendre l'escalier les bras ouverts. James-Ed est là pour ça. Il y a quatre ans et dix jours, je lui ai cédé mon droit d'aînesse, sans hésitation, sans regrets, sans réclamer mon plat de lentilles.

7

Le soleil après la pluie, et cette étrange lumière, un peu dorée, un peu grise, qui coule sur la Seine avec le vent. Elle remonte le long des quais, s'attarde sur les façades, réveille doucement la chaleur des feuilles mortes, pour faire renaître leurs teintes orangées dans la masse brune des trottoirs. L'averse a laissé quelques nuages, une odeur de terre mouillée au pied des arbres, et des reflets sur la route que viennent balayer les voitures.

C'est un moment furtif, une de ces heures parisiennes où les couleurs respirent. Clara aime cette ville, comme elle n'en a jamais aimé une autre. Elle s'est accoudée à la rambarde pour regarder le fleuve, sentir le vent, redécouvrir comme tous les jours, au même endroit, à la même heure, les tours de Notre-Dame découpées sur un ciel qui change à chaque seconde. Le dôme de l'Académie, les façades du Louvre. Sous ses pieds, à travers les lattes, la

Seine transporte des étincelles de lumière, et soudain elle devient verte. Bleue. Brune. On ne peut pas peindre ici, pas d'après nature, pas à la vitesse où vont les nuages. Une fois de plus, Clara se retourne sur cet homme assis là-bas, sur un banc, devant son chevalet, sa toile qu'elle devine malhabile, et qu'il vendra à des visiteurs de passage, un morceau de Paris, comme on achète une carte postale. Ce soir, il sera à Montmartre. Pour peindre inlassablement la même vue du Sacré-Cœur, dans sa panoplie d'artiste dont les touristes raffolent, pull marin, béret basque. On ne peut pas peindre, ici. On peut juste nourrir ses souvenirs, fermer les yeux comme on prend une photo, et laisser la ville dessiner ses propres contours. Ce sont ces images qu'elle tentera de raviver sur la toile, quand elle aura le temps, quand son carton à dessin débordera de tous les devoirs, de toutes les esquisses, de tous les nus que l'on exige d'elle. Clara déteste peindre sur commande, elle déteste tout ce qui se fait sur commande, mais c'est à ce prix qu'elle pourra décrocher son diplôme, et elle sait combien c'est rare, pour une fille, une étrangère, une Anglaise qui par un miracle qu'elle ne s'explique pas encore, a échappé à l'école de dactylo où sa mère voulait tant qu'elle finisse.

Les temps sont durs, Clara.

L'art, ce n'est pas un travail.

Le monde aura toujours besoin de secrétaires. De sténos. De dactylos. De gens qui répondent au téléphone. De jolies filles aux yeux couleur de glacier, qui accueillent leur patron avec un sourire. Une tasse de café. Et la fierté de bien faire.

Mais son père croit en elle. Il a toujours cru en elle. Assez pour faire plier le reste du monde, assez pour puiser dans les économies d'une vie de quoi payer ses études, et sa petite chambre de bonne sous les toits. Aux heures où les autres rentrent chez leurs parents, elle est seule, elle est libre, libre de peindre, de dessiner, de ne rien faire, de réchauffer ses haricots en boîte sous la lucarne qui lui sert de fenêtre. Et tant que la vieille d'à côté ne martèle pas le mur en la traitant de petite sauvage, de passer inlassablement le 45 tours de « Can't buy me love », en chantant faux, en chantant fort, avec l'impression grisante que tout ne fait que commencer.

Un groupe de garçons s'est arrêté près d'elle, alignés comme des pigeons sur un toit dans leurs inévitables costumes gris perle. Petites cravates, chaussures cirées. Regards en coin. Et ils l'abordent, bien sûr, comme la plupart des garçons qui s'arrêtent près d'elle, bonjour, comment allez-vous, avec un affreux accent britannique, et ils gloussent, et ils pouffent, et ils ricanent, en forçant leurs voix pour se donner des airs d'homme. Elle les laisse s'engluer dans leurs efforts pour prononcer les U, les EU, tous ces sons qui n'ont jamais pu passer la Manche, et elle leur fait répéter leurs pauvres formules de politesse. Ça l'amuse. Ça la flatte. Et puis ça lui donne l'impression d'être chez elle. C'est facile quand on parle déjà français comme une Française, et que même ici, au cœur de la ville, tout le monde la prend pour une Parisienne. Elle se délecte de les entendre chuchoter, avec leur accent précieux de la haute, que les Françaises sont chaudes, qu'elles couchent avec qui veut, et même avec qui ne veut pas, que tout le monde le sait, et qu'il suffit de savoir les prendre. C'est le moment de répondre, en anglais, de les voir pâlir comme des gamins pris en faute, de refuser leurs excuses et leur tourner le dos. Leurs rires étouffés résonnent au bout de la passerelle, couverts par le cri des mouettes.

Mais il en reste un.

Le seul qui n'a rien dit, le seul qui n'a pas ricané, le seul qu'elle n'ait pas remarqué, parce qu'il n'est pas remarquable. Il tient à faire ses excuses, au nom de ses camarades, en son nom à lui, et même avec humour, au nom de la reine, que Dieu garde, pour avoir sali l'image de la Grande-Bretagne, sur ce pont parisien, face au Louvre où, soit dit en passant, il vient de voir la Joconde. Il sait que ça l'intéresse. Il a repéré son carton à dessin. Lui-même aurait adoré être artiste, s'il avait eu du talent. Il y a quelque chose d'assez séduisant dans sa retenue, une élégance en demi-teinte, des gestes mesurés, l'assurance de sa caste. Il est en voyage d'études avec son troupeau d'imbéciles, une semaine à Paris, une semaine à Rome, à la découverte d'une Europe dont il n'avait que faire avant de s'engager sur cette passerelle. Eaton, Cambridge. Grande famille, sans doute. Et trop d'éducation pour oser l'inviter à boire un verre, mais il aimerait la revoir, si elle est d'accord, bien sûr, peut-être plus tard, quand elle rentrera à Londres, et entre-temps, il aimerait qu'elle l'autorise à lui écrire. Pour faire connaissance. Parler de tout, de rien. Pouvoir se dire ce qu'ils n'ont pas eu le temps de se dire, à peu près tout donc, et prolonger ce moment qui déjà se termine, dans les cris d'impatience des camarades qui l'attendent. Il a sorti un carnet et déchiré une feuille sur laquelle il trace, d'une main un peu tremblante, les quelques lignes de son adresse londonienne, Kensington, et son nom qu'il souligne d'un trait qui ressemble à une signature. Il s'appelle Oliver. Oliver Mc Brennan.

8

La sole pèse sur mon estomac, se retourne dans mes entrailles et mêle sa voix d'outre-tombe à celle de la maison. Elle rit, elle pleure, et le vertige me gagne. De quoi se plaint-elle ? Je n'en sais rien, ses mots se brouillent, mais je m'en doute un peu, ce n'est pas tant sa mort que sa cuisson que je paye. À croire qu'elle nage encore, sans tête, dans mon ventre. Et je la noie de longues giclées de Johnny Walker, espérant qu'elle se calme, qu'enfin anesthésiée par l'alcool, elle se couche et meurt. Jamais, plus jamais je n'avalerai ne serait-ce qu'une biscotte dans cette salle à manger macabre ; je ferai des réserves, à boire et à manger, et surtout à boire, et puis des biscuits, sans goût, sans sucre, de simples biscuits qui meurent à la première bouchée. Je déteste le poisson.

À mes pieds il y a la mer, la mer grise et verte, si verte qu'elle en devient solide. L'écume sur les rochers mousse comme un savon, âcre et salé, plus léger que l'air. Il s'envole, sous forme de petits embruns, caresse la falaise, s'enroule vers moi en sifflant et cherche à se loger dans mes yeux où il brûle, longtemps, comme une chandelle invisible. Maintenant qu'ils sont lavés, je peux les fermer, mes yeux, sentir mon cœur battre au rythme de la mer ; le cri des goélands, le chant des sirènes. Je voudrais presque mourir, maintenant, c'est un moment parfait pour mourir.

La sole est morte, elle, et je suis en paix. Mes yeux se rouvrent et je ne vois que le ciel ; j'ai dû m'allonger, sans doute, à moins que la mer ne soit partie, elle aussi, pendant que je ne regardais pas, elle en serait bien capable. Mais elle respire encore, si près que je sais, je sais qu'elle est là. Elle veille. Alors je laisse le froid entrer par mes talons, s'installer en moi, engourdir mes muscles, apaiser le sang qui tourne dans ma tête. L'air du large roule dans mes veines, monte jusqu'à mes tempes. Je me sens plein de vent. La voix de la mer me berce doucement, mes paupières se ferment sur les nuages et j'aimerais que tu m'aimes, avec tes cheveux blonds, que tu me parles doucement au creux de l'oreille, frêle et perdue, nue contre mon corps.

— C'est qui ?

Carrie se découpe sur le ciel, un ange noir. Le col de son blouson remonte très haut, noyant le bas de son visage. Je me demande combien de temps j'ai dormi là, sur les rochers humides ; je ne sens plus mes jambes. Le temps s'est éclairci, et mes yeux me font mal. Johnny Walker frappe dans ma tête, avec sa canne de cuivre, des coups secs et réguliers.

— Quelle heure il est ? Je suis frigorifié.

D'un geste magnanime, elle défait sa grosse écharpe et me la lance en plein visage. Je m'enroule dans la laine encore chaude avec un plaisir animal.

— 15 heures. C'est qui ?

— De qui tu parles ?

— La fille que tu as amenée.

— Ah, elle. Une autostoppeuse.

— Quoi ?

— Je l'ai prise à vingt ou trente bornes d'ici.

— C'est tout ?

— Oui, je crois. Je n'étais pas très clair.

Elle s'assied dans l'herbe, près de moi, et m'ébouriffe les cheveux. Elle sait que j'ai horreur de ça.

— Ça m'étonne ! En parlant de ça, tu devrais te voir. Une vraie tête de zombie.

— Je sais, je sais.

— J'ai essayé de lui parler, à table.

— L'autostoppeuse ?

— Ben oui, l'autostoppeuse ! À qui tu voudrais que *j'essaie* de parler ?

Les vagues roulent sur les rochers, soulevant des algues mortes. Les coups dans mon crâne s'intensifient, mais Carrie veut savoir, comprendre, expliquer. Depuis quatre ans et dix jours, ma petite sœur mesure, pied par pied, le puits au fond duquel je me suis assis, et s'évertue à m'y envoyer toutes les échelles du monde. Elle est de ceux qui pensent que l'amour fait des miracles, de ceux qui repêchent les noyés en déposant sur leurs lèvres mortes un doux baiser de conte de fées. Avec la langue. Car ma petite sœur n'a jamais eu froid aux yeux, ses princes charmants ont été jaugés à la performance. Le dernier en date, qui partage son quotidien depuis un ou deux ans, est un vétérinaire aux muscles proéminents, dont l'endurance vaut, paraît-il, celle des chevaux qu'il soigne.

Carrie m'a présenté ses amies par cageots entiers, une blonde aux cheveux en pétard, délicieusement vulgaire, deux rousses dont une avocate à l'humour acide, une folle dont j'ai oublié le nom et une dizaine de brunes, puisque je les aime par-dessus tout. Aucune n'a voulu de moi et je n'ai voulu d'aucune ; d'ailleurs je ne veux de personne, et même pas de moi. Je veux la paix, le vent et la mer.

— Elle n'est pas très bavarde. J'ai cru comprendre qu'elle avait quitté son mec, et qu'elle était partie sur un coup de tête.

— Ah.

— Je voulais surtout savoir ce qu'une fille de vingt ans… ou trente… Quel âge est-ce qu'elle peut avoir ?

— Je ne sais pas.

— Bref, ce qu'une fille seule peut faire la veille de Noël au fin fond de nulle part, à des kilomètres du premier bled de campagne. Et sans hésiter à te suivre ici, comme ça, pour se taper l'anniversaire de mariage du vieux. Tu ne trouves pas ça bizarre ?

Ainsi, l'appel de Dun Mansion, soufflant à travers la lande le rappel de ses troupes, n'est pas le privilège du clan. Peut-être l'a-t-elle entendu, elle aussi, entre les collines, au lever du soleil, au bord de la route. Une longue plainte, un cri sans fin. Après nous avoir avalés tous, la maison a besoin de sang neuf, de longs cheveux blonds pour se purger du noir corbeau de notre mère.

— Tu lui as promis quelque chose, non ? reprend Carrie, l'air inquisiteur. Dans l'état où tu étais, tu aurais très bien pu lui raconter, je ne sais pas moi, qu'on faisait une super fête dans un manoir pour Noël. Un truc comme ça. Ne serait-ce que pour la sauter.

— Je ne crois pas. Elle ne m'a pas dit où elle allait ; je ne le lui ai pas demandé non plus. Je l'ai ramenée ici comme ça, sans y penser.

— Il doit te manquer un épisode, Scott. Ça ne tient pas.

— Belle déduction, docteur Watson.

— C'est ça ! Fous-toi de moi.

Carrie m'ébouriffe à nouveau les cheveux, et j'écarte son bras avec humeur. Elle pose sa main sur mon épaule et reprend, avec un sourire désabusé :

— C'est toujours pareil. J'essaie de recoller les morceaux de tes histoires insensées, et t'es même pas foutu de me donner tous les éléments.

Mes souvenirs de cette nuit sont intacts, pourtant, je pourrais le jurer. Je vois encore la portière qui s'ouvre, le visage rougi par le froid, les grands yeux bleus sur un col roulé gris, le sac posé sur le bitume et l'herbe du bas-côté courbée sous le givre. Nous n'avons rien dit, ni elle, ni moi. Elle a souri ; moi aussi, peut-être, à moins que non. Je l'ai regardée s'asseoir, et ses jambes presque trop fines se sont glissées sous le tableau de bord. Elle a croisé les bras très haut, écrasant sa poitrine. Ses doigts se sont faufilés sous ses aisselles, dans la laine grise ; on aurait dit de petits animaux creusant un terrier. J'ai monté le chauffage, il me semble, parce qu'elle grelottait. J'avais presque envie de la prendre dans mes bras, comme un chaton, de lui communiquer un peu de chaleur. Je lui aurais parlé, doucement. Mais j'ai si peu de chaleur à donner ; je craignais qu'elle n'en ait que plus froid. Où avait-elle mis son sac ? Dans le coffre, sûrement, ma voiture est si petite. C'est un moteur, un énorme moteur recouvert d'une minuscule carrosserie noire.

Pour le reste, je ne sais plus. Nous avons roulé vers Dun Mansion. Sans parler.

— Tu veux dire que cette fille s'est posée dans ta voiture, sans rien dire, et qu'elle s'est laissé conduire jusqu'à la maison.

— Oui.

— Comme ça.

— Oui.

— Peut-être qu'elle s'attendait à ce que tu la déposes au premier *bed and breakfast*.

— Peut-être.

— Et puis non. Ça ne tient pas debout. Elle aurait demandé à quelqu'un – quelqu'un de sobre – de la déposer au village ce matin. Au lieu de ça, elle se retrouve à table avec nous. Soit dit en passant, si je n'avais pas été là…

— Je sais, je sais. Le vieux l'aurait taillée en pièces.

— Quoiqu'il en soit, elle est encore là, toute seule, dans la bibliothèque. Va la voir, au moins, parle avec elle. Après tout, c'est toi qui l'as amenée. Demande-lui si elle veut que je la dépose au village. Je prendrai ta voiture.

Sans un mot, je fouille mes poches et lui tends les clés. Mais elle ne les prend pas, absorbée par son raisonnement, et poursuit son discours avec une gravité de politicienne en campagne.

— Personne ne lui adresse la parole, mais ils la regardent tous comme une bête curieuse. Je te jure, ça me gêne pour elle. Elle doit avoir l'impression d'être au zoo.

— Ce n'est pas une impression.

— Et attends, je t'ai pas raconté la meilleure : l'oncle Melvin et Ron ont parié dix dollars sur le fait que tu couches avec elle ou pas. Je ne sais pas lequel est le plus con, le père ou le fils.

— Va savoir.

— La pauvre… Si elle ne se tire pas avant la tombée de la nuit, elle aura droit au dîner en prime. Ce sera le Noël de sa vie.

Le ciel s'assombrit, la pluie commence à percer. Dans un instant, l'orage va se lever, balayant la côte de ses éclairs roses. J'en ai assez, de l'autostoppeuse. Ma petite sœur parle toujours, mais je ne l'écoute plus. Je me redresse, découvrant sans surprise que la mer est restée là, à m'attendre. Mes articulations craquent, je me cramponne à Carrie pour me lever. Une grosse goutte s'écrase sur mon front, le tonnerre se fait entendre.

— Et voilà, il flotte, fait Carrie en haussant les épaules. C'est rituel.

— Tout est rituel, ici.

Elle se lève, rajuste son anorak et enroule, d'un geste maternel, son écharpe sur mes épaules.

— Sauf ton autostoppeuse.

La pluie s'est mise à tomber, un rideau liquide. Au loin, les fenêtres de Dun Mansion s'allument, les unes après les autres, ouvrant des trouées lumineuses dans la façade noire. On croirait des yeux, des yeux d'araignée, des yeux si perçants qu'ils balayent la propriété à notre recherche. Nous pénétrons dans le jardin où les plates-bandes se gorgent de boue. Et la maison ouvre les bras à son tour, dressée sur le ciel noir, tandis que nous nous pressons dans les allées ruisselantes. Rentrez, rentrez vite. Elle n'aime rien mieux que cela, notre retour ventre à terre, tandis que la tempête se déchaîne. La porte de service paraît s'ouvrir toute seule, la voix de Samantha se mêle aux coups de tonnerre et la maison nous avale, si vite que j'en oublie l'orage.

9

Paysages.

Le titre n'est pas très inspiré, mais il paraît que c'est ça qui marche. Un mot, juste un mot, assez simple pour parler à tout le monde. Un mot qui évoque assez de choses pour éveiller la curiosité. Et puis c'est ça que les gens viendront voir, des paysages, des jardins en friche, des ciels parisiens, des collines sous le vent, des jours de pluie battante.

Paysages, Clara-Eve Fairlane, 1965.

Assise, un peu timide, devant un registre encore vide, elle contemple une millième fois ce carton d'invitation d'un bleu un peu trop vif où son nom se découpe en majuscules. Chacun de ses tableaux a été nommé, listé, numéroté. On les vendra peut-être, à des tarifs qui varient en fonction de la taille, pour que ses souvenirs aillent s'installer ailleurs, sur les murs de gens dont elle ne saura jamais rien.

À moins que personne n'achète. À moins que personne ne vienne. Les amis, la famille. Peu importe, le galeriste est tout sourire, et pour la rassurer il lui répète qu'elle ira loin. Première exposition à vingt ans, dans une vraie galerie, avec un vernissage, un livre d'or, c'est un rêve qui se réalise. Déjà. Clara y croit à peine. Ils étaient des dizaines à tenter leur chance, des étudiants comme elle, des artistes aussi. Des noms encore inconnus qui auraient donné cher pour être à sa place, en caractères gras sur ce carton trop bleu. Mais c'est elle qui a gagné. Elle qui a remporté le concours, le titre de jeune espoir, la poignée de main de l'adjoint au maire. C'est elle qu'on a suspendue aux murs de cette petite galerie de Portobello, tout près du marché aux Puces, dans ce coin animé de Londres où les touristes s'encanaillent. En face, il y a un pub. Un disquaire. Des Vespa, des jeunes aux lunettes noires qui se donnent des airs de John Lennon. Pas vraiment des amateurs de ciels d'huile, mais avec tous les cartons bleus que son père a distribués aux passants, il y aura bien quelques visiteurs, assez pour justifier l'espoir qu'on met en elle.

Une femme est entrée, puis une autre. Chignon, lunettes en écaille, petit sac en croco. Elles se sont arrêtées devant les toits de Paris, elles commentent, elles hochent la tête, et le galeriste les enveloppe de son babillage étourdissant, regardez comme c'est beau, regardez comme c'est mature. Vingt ans, mesdames. Pas un de plus, et si vous voulez lui parler, la questionner, la féliciter, elle est là, assise à sa table devant une caisse enregistreuse, comme une marchande de poisson.

N'empêche que ça fait battre le cœur.

À peine si elle voit entrer ce jeune homme en costume clair, la mèche bien peignée, avec son bouquet de fleurs. Il est resté un instant immobile, un peu gauche, à attendre son tour. Elle le regarde, ils se sourient. Il est venu, comme il le lui a promis dans sa lettre, et maintenant qu'il est là, elle le trouve plus grand que dans son souvenir. La seule fois qu'ils se sont vus, c'était sur le pont des Arts, il y a un an, peut-être plus, elle ne se rappelle plus vraiment. Mais elle a répondu à toutes ses lettres et dans sa dernière, elle a glissé le carton d'invitation pour partager sa joie, peut-être aussi par fierté, parce qu'il vient d'un milieu tellement plus élevé que le sien. Tout ce qui l'entoure paraît feutré. Doré. Comme ces maisons des beaux quartiers, presque trop propres pour avoir l'air habitées. Elle sait qu'il fréquente un club, qu'il joue au polo, qu'il vient de commencer à travailler dans une banque, et que les fenêtres de son bureau donnent sur le parc.

Il s'est arrêté devant chaque tableau, avec une telle fascination que le galeriste a tenté de lui vendre Le ciel de Toscane. *Mais Clara s'est interposée, parce qu'on ne vend pas un tableau à un copain, surtout quand il connaît la Toscane, et qu'on n'est jamais allée plus loin que Paris. Du reste ce n'est pas la Toscane qui l'intéresse, mais la façon dont il osera enfin lui proposer de se voir ailleurs, sans témoins, maintenant qu'elle est revenue en Angleterre, au lieu d'échanger des lettres comme des soupirants du siècle dernier. Ses hésitations de gentleman la font sourire, elle qui a vécu seule assez longtemps pour flirter avec ceux qui lui plaisaient, sans autre jugement que l'œil noir des voisins. Elle le regrette, son petit appartement sous les toits. Aujourd'hui, c'est lui qui est libre. Lui qui habite seul, alors qu'elle est retournée nicher dans sa chambre d'adolescente, en couvrant les murs de posters, parce qu'elle en a assez de ce papier peint aux fines rayures, des vieux tableaux de son enfance, de la tache d'humidité qui autrefois lui évoquait un vol de goélands. C'est fini, tout ça. C'est derrière elle. C'est masqué par les Who, George Harrison. Mick Jagger.*

Oliver lui sourit. Il hésite, longtemps. Puis il se lance. Ce soir, ils iront chez lui.

10

J'aime l'odeur de l'orage, sa respiration lourde. Ce mélange d'écorce, de mousse, de terre humide, qui vient réveiller les couloirs par cette fenêtre qu'on me crie de fermer. Quelle importance, je suis déjà trempé, et puis cette maison a besoin d'air. La pluie entre par bourrasques, envahit insidieusement le carrelage de l'office, ruisselle sur mon visage comme si j'étais encore dehors. J'ai fermé les yeux, même si ça fait remonter des morceaux d'enfance, des moments effacés que j'aurais voulus laids, tristes et mornes, mais qui me font sourire. Dun Mansion n'a pas toujours été un tombeau. La cannelle s'invite dans le vent, échappée des cuisines, elle se mêle à l'eau qui coule, au souvenir de ces journaux reliés de cuir que je dévorais sur ce vieux fauteuil en attendant que la pluie cesse. Elle ne cessait pas. Je les ai relus cent fois, ces récits de voyages, de chasse au tigre, de maharajahs juchés sur des éléphants de guerre. Les cités oubliées, les peuples cannibales, les pirogues sur des fleuves opaques. C'est ça, je crois, qui m'a appris à lire, plus que les coups de badine sur le bout des doigts.

J'aurais préféré la télé.

— Monsieur Scott ! Ne restez pas là, vous allez attraper la mort.

Samantha a refermé la fenêtre, et ses vieux os se plient pour éponger le carrelage. J'aurais bien fait un geste, mais elle ne le tolérerait pas, trop fière de ces cinquante ans de servitude qui lui ont donné ses lettres de noblesse. Alors je la regarde, de haut, avec un fond de gêne qui n'a pas de sens, pas ici, pas maintenant. Je suis plus délabré qu'elle, je n'ai jamais rien nettoyé de ma vie, et il est un peu tard pour changer le monde.

— Allez vous réchauffer ! John va vous servir quelque chose de chaud.

Dans la pièce voisine, devant ses fourneaux, le cuisinier s'affaire au repas du soir, l'éternel repas du soir, cette tourte à la viande au goût d'oignon brûlé dont, paraît-il, la grand-mère raffolait. Son économe à la main, il s'aperçoit de ma présence et m'accueille avec un sourire fatigué.

— Un thé, monsieur Scott ?

— Non merci. Pas tout de suite.

Pauvre vieux John, avec ses tempes grises et ses mains usées par l'eau de vaisselle… Lorsque j'étais enfant, il me confectionnait des petits cochons en pain d'épice, au mépris des instructions de mon père, qui nous interdisait les sucreries. Je les aimais tant, ces cochons, que je n'ai jamais pu me résoudre à les manger. Il me les tendait, tout petits dans sa paume, comme on chuchote un secret. Je les fourrais au fond de mes poches, caressant du bout des doigts leur truffe rugueuse. Ils étaient mes amis, mes amis bientôt rassis, doux et friables. Ma cabane au fond du jardin en contenait tout un troupeau, que les épagneuls du vieux découvraient tôt ou tard, ne me laissant que des miettes.

Je ne sais pas pourquoi j'y repense aujourd'hui.

Ces après-midi d'orage, cette cuisine illuminée où montait, les dimanches de vacances, l'odeur presque enivrante du gâteau au chocolat. C'est l'un des rares souvenirs qu'il me reste de ma mère, le gâteau du dimanche. Le reste est effacé, comme si mes dix premières années s'étaient écoulées sans elle. J'attendais, là, sur le seuil, assis sur les marches du petit escalier qui mène au jardin, qu'il sorte enfin du four. Elle le faisait toute seule, on me l'a tant répété. De ses propres mains, elle pétrissait la pâte, faisait fondre le chocolat, malaxait la farine. La belle affaire. Faut-il être un Mc Brennan pour s'extasier sur le fait qu'une lady se laisse aller à des occupations de domestique.

Après la chaleur des fourneaux, le couloir de service, plongé dans la pénombre, a de faux airs de banquise. Les parquets luisent de cire, je traîne ma jambe morte et elle me suit, docile, avec un crissement régulier. J'ai l'étrange impression de traîner mon propre cadavre. Qu'importe, Dieu est mon seul témoin, s'il existe, je pourrais même ramper si j'en avais envie.

J'ai pris le petit escalier au fond du couloir, parce qu'il est moins raide, et surtout parce qu'on n'y croise jamais personne. Même ici, les gens vont au plus court, comme si le temps avait de l'importance, comme si on pouvait accélérer le cours des choses. Cette maison est construite sur le temps qu'elle nous vole. Quand j'étais encore en vie, ça me faisait bouillir, toutes ces minutes perdues qu'on ne retrouvera jamais, les appels qu'on ne passera pas, les messages en attente, les urgences, les plannings, et la Terre qui continue de tourner en oubliant qu'on est là.

Dans la lueur intermittente des éclairs, le corridor du premier étage clignote comme une vieille ampoule. J'ignore pourquoi j'ai promis à Carrie d'aller voir son autostoppeuse, mon autostoppeuse, pour lui demander je ne sais plus quoi. Les portes de la bibliothèque sont grandes ouvertes, la lumière est allumée, mais elle n'y est plus, si tant est qu'elle y soit jamais entrée. Il n'y a rien ici pour une autostoppeuse, que les vingt-huit volumes de l'encyclopédie de Diderot, en français dans le texte, dont les pages tombent en poussière. Et des centaines d'autres livres qui font la fierté du vieux, mais que personne n'a jamais ouverts. Un bel alignement de cuir patiné, de tranches dorées qui s'effacent avec le temps. Une échelle. Et une table de travail, avec sa vieille lampe de cuivre à globe de verre, où j'écrivais les poèmes les plus laids du monde à l'époque où je croyais encore qu'on peut échapper à son destin.

L'autostoppeuse n'est pas là.

À sa place il y a la tante Emma, à genoux malgré son vieux squelette devant un tas de photos, d'albums ouverts, d'albums fermés, de cartes postales et de lettres. Toute cette mémoire familiale qui n'intéresse personne, et que l'on stocke à ras du sol, dans les placards du bas, à quelques centimètres de l'oubli. La dernière fois que je les ai regardés, je devais avoir douze ans et l'envie de désobéir, assez pour m'infliger des centaines de visages inconnus, de moustaches triomphantes et de robes à crinoline. Il y avait des médailles, je crois, et des diplômes. J'ai le vague souvenir d'un officier de l'armée des Indes, dont le sabre de cavalerie m'avait fasciné mais dont le nom m'échappe. Il doit être quelque part entre la fin d'un siècle et le début du suivant, dans les méandres de l'arbre généalogique que l'on a roulé au fond d'un tiroir, faute d'avoir trouvé un joli cadre.

La tante Emma lève le nez à mon approche, les yeux plissés sous ses lunettes en écaille qui devaient faire fureur avant le premier album des Beatles. Elle porte comme toujours ces horribles bas couleur chair qui lui font des jambes livides, une jupe à carreaux trop longue et un collier si lourd qu'il pend comme une chaîne de vélo sur son pull beige à col roulé. Elle a retiré ses mocassins pour être plus à l'aise à genoux sur le parquet, oubliant sans doute que derrière elle, il y a une table.

C'est moche de vieillir.

— Ah, c'est toi Scotty ! Je croyais que c'était elle !

— Qui ? L'autostoppeuse ?

Elle ne répond pas, de nouveau plongée dans les photos qu'elle a étalées, décollées des albums, parfois déchirées pour les arracher aux pages autocollantes où elles se sont fondues avec le temps.

— Regarde ! me lance-t-elle, avec ce sourire béat que je lui ai toujours connu.

Je regarde. Et je ne vois rien. Ou pas grand-chose, de vieilles photos des années 1960, l'oncle Melvin sans son ventre, et des gars en kilt dont les visages ne me disent rien.

— Tu devrais t'asseoir, tante Emma.

— Mais… regarde !

Elle a refermé ses doigts crochus sur une poignée de photos attrapée au hasard, qu'elle agite sous mon nez comme si elle avait trouvé un trésor.

— Oui, j'ai vu.

— C'est le mariage de tes parents ! C'était un beau moment… Un si beau moment.

J'entends Carrie ricaner dans ma tête à l'idée que je suis coincé là, à cause d'elle, avec cette vieille folle, devant des photos de 1965 où elle portait les mêmes lunettes. Oui, je la connais, cette date, c'est l'année de ma naissance. À croire qu'ils n'ont pas pu attendre, même six mois, pour s'affubler d'un gosse.

Le pire, c'est qu'elle est arrivée à faire naître une espèce de curiosité presque cruelle, qui me pousse à regarder de plus près pour me délecter de les voir jeunes, fringants dans leur costume, à la sortie de la chapelle de Dun Hill, où on nous enterrera tous. Trente-cinq ans, c'est long, ça laisse des traces.

— Attends, poursuit la tante Emma. Je vais te montrer quelque chose.

— Plus tard, peut-être ?

Mais elle ne m'entend pas et me tend un faire part un peu jauni, sur lequel est encore noué un vieux morceau de ruban doré. Sir Douglas Mc Brennan, Mr et Mrs Robert Fairlane ont le plaisir de vous annoncer…

— C'est le mariage de tes parents, répète-t-elle avec un sourire si figé qu'il ressemble à une grimace.

— Oui.

— Elle était belle, hein. Regarde, dans sa robe blanche. Elle avait tout, tu sais. La beauté, la grâce. Toute la famille était sous le charme.

— Je sais.

Son regard plissé se braque soudain vers la porte, scrutant le couloir comme si, derrière ses doubles foyers, elle y voyait quelque chose.

— Elle n'est pas avec toi ?

— Non. Elle n'est plus avec personne.

Ses gestes sont devenus fébriles, une photo lui échappe, mais elle continue d'empiler, à genoux sur les albums, toutes les images de ce mariage que je n'ai regardées qu'une fois, assez vite pour les oublier aussitôt, parce qu'elles me serraient le cœur. C'était il y a longtemps. Aujourd'hui je ne ressens plus rien, que l'envie de retourner à la cuisine pour me faire servir un thé.

— Je te laisse, tante Emma.

Elle s'est levée tant bien que mal, renonçant à retrouver ses mocassins au milieu des photos éparses. Je m'en veux un peu de ne pas lui tendre la main, mais quelque chose en elle me révulse, son odeur de vieille, ses bras décharnés, cette image de la déchéance que je n'ai pas envie d'approcher.

— Tiens, me dit-elle, en me tendant ses photos. Je ne sais pas où elle est partie, mais tu lui donneras ça.

— À qui ?

Derrière ses lunettes voilées par une couche de poussière, ses yeux délavés me fixent avec une pointe d'agacement.

— Comment ça à qui ? À ta mère !

11

C'est une petite chapelle, à l'écart du village. Une bâtisse de pierre brute, taillée dans la roche, noire comme les tombes du cimetière qui l'entoure. Le mur d'enceinte est en ruine, les dalles sont dévorées par la mousse, et au-dessus du clocher, le toit sans âge a perdu des tuiles. Mais elle a quelque chose de touchant sous ses guirlandes de fleurs blanches. Le temps s'est arrêté, on pourrait se croire au Moyen Âge, quand cette terre d'Écosse était encore le bout du monde. Les hommes se sont alignés en haie d'honneur au son des cornemuses, et dans leurs kilts d'un autre âge, ils poussent des clameurs presque sauvages comme s'ils fêtaient une prise de guerre.

Clara n'est pas une prise de guerre.

Loin de là.

Mais Oliver est amoureux d'elle, peu importe qu'elle ne soit la fille de personne, que sa famille n'ait pas d'arbre généalogique, pas d'armoiries, pas de passé, et probablement pas d'avenir. Il l'aime, depuis la première lettre. Il aime son esprit, ses tableaux, son humour. Et puis elle est enceinte. Ça ne se voit pas encore, dans sa robe épurée, cintrée, sans nœuds, sans volants, dans laquelle elle aimante tous les regards. Oliver a insisté pour qu'elle soit blanche, même s'il croit qu'un dieu tout-puissant l'observe depuis son trône au-dessus des nuages. Il s'est arrangé avec le Ciel. Parce que dans sa famille, dans ces familles, on se marie en blanc. Ne serait-ce que pour les photos. Clara n'y voit rien à redire, du moment qu'on ne l'a pas forcée à porter la meringue de la mère d'Oliver, par bonheur trop grande pour être ajustée à ses mesures. Il aurait fallu tailler dans l'étoffe, défaire le corsage, amputer le jupon, un affront à la mémoire de cette mère aimante et courageuse, morte dans un naufrage alors qu'il n'était qu'un enfant. Pour Clara, c'est un soulagement, qu'elle s'efforce de déguiser en déception. Quel dommage. De ne pas se marier dans une robe datée, chargée, poussiéreuse. Une robe de mère. Une robe de belle-mère.

La robe d'une noyée.

Tout ça pour finir chez Courrèges, la nouvelle coqueluche de la haute couture parisienne, dont elle est repartie avec une tenue digne d'une princesse. Ses longs cheveux noirs ont été mêlés d'orchidées blanches. Ses yeux, plus bleus que jamais sous un ciel baigné de lumière, ont été soulignés d'un trait de mascara. Rien de plus. Ni gants, ni traîne, ni diadème, ni éventail. Clara s'habille comme elle peint, avec une élégance en demi-teinte, sans jamais forcer son talent.

Une pluie de pétales s'est abattue sur elle, tandis qu'Oliver, rayonnant, lui glisse à l'oreille qu'il est l'homme le plus chanceux du monde. Elle sourit, il l'embrasse, la haie d'honneur les acclame et, au son assourdissant des cornemuses, ils s'avancent en couple royal vers la Jaguar qui les attend. Elle n'ira pas loin, cinq minutes à peine, vers le manoir dont on aperçoit les toits d'ici, ce manoir qu'ils s'entêtent à appeler maison. Clara sait déjà qu'elle s'y installera un jour, quand Oliver reprendra le flambeau de son père, quand il sera temps pour lui d'endosser le costume de patriarche.

Elle n'est pas pressée. Dun Mansion est un endroit sinistre, chargé d'histoire et de vieux souvenirs.

Un chant traditionnel couvre les clameurs, et ses paroles guerrières font sourire la mariée. Voilà pourquoi le mariage n'a pas eu lieu à Londres, pourquoi les Mc Brennan ont tant insisté pour célébrer cette union dans la chapelle familiale. Elle n'épouse pas un homme, elle épouse un clan.

Une terre. Une tradition. Cette noblesse inaccessible qui fait rêver les filles depuis la nuit des temps. Clara en retire un mélange d'excitation et de fierté, le sentiment de vivre un conte de fées, d'avoir chaussé la pantoufle de vair. Elle en oublierait presque que ses parents se tiennent timidement sur le porche de la chapelle sans parler à personne, un peu raides, un peu gauches, dans leur tenue de fête qui a quelque chose d'un déguisement. Que la plupart de ses amis n'ont pas fait le voyage, trop loin, trop cher. Que ses cousins se sont contentés d'une carte de félicitations.

Sur cent invités, il n'y a pas dix Fairlane.

Mais elle a autre chose à faire, autre chose à penser. Depuis qu'elle a dit oui tout à l'heure, elle est devenue Clara-Eve Mc Brennan, et ce simple changement de nom la pousse en avant, vers une vie qu'elle n'attendait pas. L'enfant qu'elle porte, elle n'y pense pas encore, pas vraiment, parce que tout va trop vite, tout virevolte autour d'elle comme une valse. Il n'est rien pour le moment, un haricot au fond de son ventre, assez lourd pour avoir pesé de tout son poids sur ce mariage, pour lui avoir ouvert les portes de cette chapelle.

Un officier de marine en grand uniforme attend près de la Jaguar, la main sur la poignée, comme un voiturier de grand hôtel. Il sourit. Il s'incline. Gants blancs, casquette blanche. Clara ne sait plus vraiment qui il est, trop de monde, trop de visages, et quand Oliver lui rappelle son nom à voix basse, elle le laisse se perdre dans le vertige des cornemuses. Son regard glisse le long de la haie d'honneur, s'arrête sur ceux qu'elle a déjà rencontrés à Londres, ceux qu'il faut saluer, ceux à qui il faut sourire.

Sourire.

Donner à chacun l'impression qu'il existe.

Melvin, le deuxième frère, le séducteur, la tête brûlée, avec sa petite moustache un peu démodée, son sourire narquois, le regard chargé de tout le mépris qu'il lui porte. Colin, le cadet, le timide, qui la regarde à peine. Nathan, le meilleur ami, à moins qu'elle ne confonde. Edgar, le vieil oncle qui a fait deux guerres. Les camarades de promotion, les anciens du pont des Arts, déjà baignés dans l'alcool. Et les autres, tous les autres, dont elle peine à retenir les noms, les femmes, surtout les femmes, élégantes, souriantes, effacées, comme des ombres dans l'ombre. La seule dont elle se souvienne, c'est la tante, l'unique figure féminine dont Oliver lui ait jamais parlé. Emma. Tante Emma. Celle qui recueillait ses confidences. Dans son tailleur Chanel vieux rose, le cheveu laqué et le mouchoir à la main, elle distribue à la ronde son sourire énigmatique de sphinx.

Clara s'est assise dans la voiture avec sa robe qui remonte, ses talons qui se tordent sur la laine du tapis, pour un dernier salut à l'assemblée qui l'acclame. Ses cheveux se sont emmêlés dans la poignée de cuir au montant de la fenêtre, faisant monter une envie irrépressible de tout ébouriffer à deux mains, d'envoyer valser toutes ces fleurs, mais on la regarde, alors elle sourit. Pour la photo. Pour ne rien donner à ceux qui n'attendent qu'un faux pas, une anecdote, de quoi glousser sous cape quand le dîner aura commencé tout à l'heure. Une mèche se déroule, se libère, laisse échapper quelques pétales. Alors elle rejette la tête en arrière, d'un geste spontané, naturel, animal, et pour la première fois, ils la voient vraiment.

Elle ne sera pas une ombre comme les autres.

Oliver tarde à la rejoindre, un homme l'a pris dans ses bras, on rit, on pleure, et le chauffeur la regarde furtivement dans le rétroviseur. Le temps lui paraît long, soudain. Elle voudrait que l'on referme cette portière pour desserrer enfin les genoux, cesser de cacher ses chevilles, de garder le dos droit, laisser derrière elle tout ce bruit, tous ces rires. Cinq minutes de route. Cinq minutes de solitude.

Sur le porche de l'église, bras croisés, son beau-père la regarde, et malgré la distance, elle a l'impression qu'il la regarde au fond des yeux. C'est le maître des lieux, le chef de clan. Douglas Mc Brennan. Sir Douglas Mc Brennan. Il sourit, comme tout le monde, avec une espèce de magnanimité satisfaite, parce qu'il marie son fils, que c'est un grand jour, que tout le monde le dévisage et qu'il faut faire bonne figure. Clara essaie d'oublier qu'un mois plus tôt, il s'est présenté chez elle, dans sa voiture avec chauffeur, pour lui proposer une belle somme, un dédommagement, comme on donne un pourboire à un domestique. Un compte en banque bien garni pour accepter de disparaître, se débarrasser de cet enfant trop lourd, s'offrir le luxe d'un nouveau départ.

Oliver est sûr qu'elle a mal compris.

Sir Douglas la trouve exceptionnelle.

Jolie. Intelligente. Et il n'a pas le compliment facile.

La portière se ferme enfin, le moteur démarre dans un ronronnement feutré. Oliver se penche sur elle, lui prend la main, chuchote son bonheur, la félicite d'avoir été si belle, mais elle ne voit que l'œil du chauffeur dans le rétroviseur, comme si dans cet endroit au bout du monde, loin de tout et loin de tous, on ne pouvait jamais être seul.

12

La journée n'est pas perdue. Le vent a emporté la pluie vers le large, laissant la lande gorgée de brume, et déjà un vol de canards passe au-dessus des toits. C'est l'heure de tuer.

Ils se sont rassemblés sur la terrasse en tenue de combat, ce ridicule déguisement de chasse qui leur donne des airs de tsars déchus. Mon père porte un chapeau autrichien décoré d'une plume de grouse, une veste renforcée au creux de l'épaule, pour la crosse, un couteau à manche de corne et des guêtres de cuir faites à la main chez son fournisseur attitré. À la casquette près, les autres lui ressemblent, dans leurs vestes huilées couleur de feuilles mortes. Cette année, pour la première fois, Ron fait partie du lot, tout fier avec ses bottes en caoutchouc, parce qu'il est grand maintenant, il peut tirer comme les autres. On lui a donné le fusil des Fairlane, une entorse à toutes les règles de la chasse, mais ils ne viendront pas cette année, pas plus que l'année dernière. Et puis c'est une bonne arme. Un cadeau du patriarche, souvenir du temps où la famille était encore unie.

C'est un grand jour pour ce petit imbécile. Tout fier de rejoindre les hommes, il vient d'épauler en imitant – mal – le bruit de la détonation. Personne ne le remet à sa place. Pas même le patriarche, ce qui reste du patriarche, qui le regarde avec une espèce d'amusement attendri. À la place de son père, en le voyant postillonner piou-piou avec de faux airs de Terminator, je l'aurais attrapé par le col pour le renvoyer à sa Game Boy, ce jouet au son insupportable qu'il ne lâche même pas pour aller aux toilettes.

— Tu ne viens pas, Scott ?

Melvin s'avance vers moi, son fusil cassé au creux du bras, avec ses gants jaunes qui jurent avec sa veste. Il sourit, comme toujours, avec la suffisance du Nouveau Monde.

— Non.

— Ça ne te manque pas ? Tu avais un bon coup de fusil, à l'époque.

— J'avais deux jambes, aussi.

Il hoche la tête et se rapproche, après avoir jeté un regard apitoyé à Colin, dont le fusil glisse sans cesse sur ses épaules en goulot de bouteille.

— On ne va pas loin, si c'est ça qui t'arrête.

— Ce n'est pas ça qui m'arrête.

Même si Dieu en personne descendait du ciel pour remettre mon genou en place, je ne perdrais plus mon temps – et pourtant j'en ai à revendre – à traquer des volailles terrorisées dans les broussailles. Il ne peut pas le savoir. Et s'il le savait, il ne le comprendrait pas. C'est important, la chasse. Ça fait un homme. Et puis c'est une marque de noblesse, une des dernières qui nous restent. Ce que je ne comprends pas, moi, c'est ce qui a pu me pousser à appuyer sur la détente pendant toutes ces années, pour poser en conquérant devant des cadavres de lapin.

Mais Melvin a autre chose en tête. Il me prend par l'épaule et m'entraîne à l'écart, tandis que les autres distribuent les cartouches.

— Tu as fait fort, cette année, me glisse-t-il avec un clin d'œil.

— Fort ?

— Très fort, même. Débarquer avec une petite nana pour l'anniversaire, il fallait le faire.

— C'était pas prévu. Elle faisait du stop sur la route.

Un petit ricanement fait remonter sa moustache.

— Oui, oui, ta sœur m'a déjà dit ça.

— Je ne sais pas ce que vous avez tous avec cette autostoppeuse.

— Allons, ne me prends pas pour un lapin de six semaines. Tu savais très bien ce que tu faisais en amenant cette fille ici, et crois-moi, j'en ai fait aussi, des conneries, pour énerver ton grand-père. On est tous passés par là. Sauf que tu n'as plus quinze ans, Scott.

— C'est bon, tu as fini ?

— Non, je n'ai pas fini. Je sais que ces dernières années n'ont pas été faciles pour toi, mais la famille n'y est pour rien. Au contraire. Si tu roules encore en Porsche, c'est parce que ton père a les moyens.

— Ah ouais ? C'est surtout parce que j'ai gagné plus d'argent que vous tous réunis, et qu'il m'en reste encore.

— On en reparlera dans un an.

Le regard de mon père, étonnamment fuyant, passe furtivement sur nous entre deux cartouches.

— Si tu veux mon avis, reprend Melvin sans perdre son sourire, la meilleure chose à faire est de remettre cette fille dans ta voiture avec son sac à dos, de la déposer à la gare et de profiter tranquillement de notre soirée en famille, comme on l'a toujours fait. Prends son numéro si tu ne l'as pas déjà, tu la baiseras plus tard.

— Merci du conseil.

Pas dupe, il hausse les épaules.

— Que tu ne suivras pas.

— Probablement pas, non.

Le ciel, ironique, ramène vers Dun Mansion son rideau de nuages noirs. Il a peut-être entendu les prières des volailles, et le chuintement des cartouches qui se glissent dans les canons.

— L'orage revient, s'écrie Colin en essuyant ses lunettes.

— Et alors ? répond mon père. Ça ne va pas nous faire fondre.

L'oncle Melvin a remis son fusil à l'épaule, et me tapote affectueusement la joue comme si j'avais dix ans.

— Ah, Scott… Tu es bien le fils de ta mère.

— Je suppose que ce n'est pas un compliment.

— Au contraire ! C'est d'elle que tu as pris la niaque qui manque à tes frère et sœur. Tu lui ressembles beaucoup, tu sais.

Oui, je sais. Ça fait vingt ans qu'on me le répète.

Les autres se sont mis en marche, droit vers le brouillard, sans se retourner. On peine déjà à les distinguer ; le patriarche avec son pas lourd, Colin, qui piétine dans la boue, mon père flanqué de James-Ed, si transparent que je ne l'avais pas remarqué jusque-là, et la voix nasillarde de Ron, qui n'a pas compris qu'il fallait se taire. Ils ont pris leurs distances, deux mètres réglementaires, comme un peloton dans les rizières du Vietnam. Je sais, pour l'avoir vécu, que leur cœur bat plus vite, que leurs doigts se crispent sur leurs gâchettes. Comme si les poules faisanes qu'ils vont traquer sur cette lande pelée allaient leur sauter à la gorge. La seule chose qu'un chasseur est incapable de tuer, c'est le ridicule.

Melvin me lance un dernier regard avant de leur emboîter le pas.

— Si tu as besoin d'argent, Scott, je suis là. Et ne t'inquiète pas, ça restera entre nous.

— Merci, mais non. Ça ira.

— Comme tu veux. Mais tu sais que tu peux compter sur moi ! On est en famille. Et la famille, c'est ce qu'il y a de plus important.

13

Sur la table de chevet, les tulipes blanches vivent leurs dernières heures. Elles n'auront pas tenu longtemps. Clara les observe avec l'impression étrange de les voir mourir, étouffées sous leur propre poids, laissant échapper leurs pétales sur le formica jaune. Un rayon de soleil s'est glissé dans sa chambre, un peu de chaleur liquide qui coule jusqu'au berceau pour l'envelopper de lumière, un étrange arc-en-ciel comme un halo dans le plastique.

Ça réveille ses envies de peindre.

Mais Clara ne peint plus. Presque plus. Elle est mère aujourd'hui, le plus beau métier du monde, et ce deuxième enfant réjouit toute la famille. Depuis que la clinique a ouvert ses portes, ils ont défilé par petits groupes, les bras chargés de fleurs, de chocolats, de sacs de chez Harrods. Parents, beaux-parents, beaux-frères, cousins. Avec leurs sourires radieux, leurs cris d'admiration. Tout est là, sur la commode, les petits chaussons, les petits bonnets, la salopette dans laquelle il sera si mignon d'ici quelques mois. James-Edmund Mc Brennan dort paisiblement dans son couffin, les yeux plissés sous le rayon de soleil, et Clara tente de chasser le sentiment mitigé qui lui serre le cœur. Elle n'a pas très envie qu'il se réveille. Les pleurs, les biberons, les langes. Toutes ces heures, toutes ces minutes.

Ça doit être la fatigue.

Si ça n'avait tenu qu'à elle, il se serait appelé Dorian. Comme Dorian Gray. Mais on n'échappe pas aux prénoms des grands-pères.

Pas deux fois.

La porte s'ouvre, c'est Oliver avec des fleurs, encore des fleurs, et toutes les excuses du monde pour ne pas être arrivé le premier. Conseil d'administration. Gros enjeux financiers. Perspective d'avancement. Et bonheur paternel, bien sûr, il est si petit, il est si beau. Un peu rouge. Mais c'est normal. Scott aussi était un peu rouge, et aujourd'hui il fait l'admiration de tous. Il se tient là, d'ailleurs, sur le pas de la porte, un peu intimidé dans son costume de marin. Il a apporté une rose. Pour sa mère. Sans vraiment comprendre ce qui se passe, pourquoi elle est si pâle sur ce lit d'hôpital. Quelqu'un le prend sur ses genoux, c'est l'oncle Melvin, salut champion, mais c'est sa mère qu'il veut, alors il tend les bras, sans un mot, ses grands yeux bleus rivés sur elle.

Clara a pris sa fleur, l'a embrassé sur le sommet du crâne en l'appelant mon petit bonhomme, mais il y a un autre petit bonhomme maintenant, qui se réveille en grinçant. Oliver rapproche le berceau, Melvin prend une photo et, une fois encore, on crie à la perfection parce qu'il a deux bras, deux jambes, une tête plutôt bien faite et le rictus altier des Mc Brennan. La fatigue s'intensifie, et la lassitude, et l'envie de dormir, seule, sans personne, même pas ce nouveau-né qui va bientôt hurler pour qu'on le nourrisse. Elle s'aperçoit à peine que Scott lui tend un dessin depuis tout à l'heure, un dessin de plus, un gribouillage de couleurs, le bébé de maman. Melvin ironise, comme toujours, la fibre de l'artiste, les chiens ne font pas des chats. Il s'accroupit devant son neveu, demande ce que représente le haricot jaune zébré de rouge, et la réponse le fait pouffer de rire.

Son père.

Scott lui a repris le dessin des mains, il l'a posé sur la table, pour sa mère, sur le cadavre des tulipes, mais déjà son père l'emporte, maman doit se reposer, on va te ramener à la maison.

Clara n'est pas très sûre d'avoir envie d'être mère. Une deuxième fois.

Ça doit être la fatigue.

Dans la chambre, il n'y a plus que Melvin, l'oncle Melvin, qui regarde sa montre parce qu'il n'a jamais pu tenir en place. Il a laissé tomber son cadeau sur la commode des trophées, un lapin en peluche dont il n'a pas retiré l'étiquette, comme on jette un sac poubelle. Un coup d'œil par la fenêtre, pour vérifier que son taxi l'attend encore. Puis il allume une cigarette, souffle la fumée vers le plafond et adresse à Clara un de ces sourires méprisants que l'on reçoit comme une gifle. Il est ravi pour elle. Un deuxième marmot. Une ancre de plus. Une belle réussite, pour quelqu'un qui partait de nulle part. De quoi assurer sa prise, comme une alpiniste qui n'a pas son pareil pour atteindre les sommets. Il n'aurait pas fait mieux. Comment aurait-il pu ? Il n'est pas une femme, une belle femme qui plus est, alors il doit faire avec ce qu'il a.

Il espère qu'elle est patiente.

Parce que le patriarche n'est pas près de mourir.

Mais elle l'aura, le manoir. Et le titre. Et le reste.

14

Les photos pèsent dans ma poche, comme pour me rappeler que je ne les ai pas vraiment regardées. J'ai eu ma dose de famille pour l'année à venir. Il ne manque plus que les vieilles images, les moments que je n'ai pas vécus, les coiffures qui parlent d'un autre temps. Quant au faire-part qui devrait m'émouvoir aux larmes, son odeur de moisi me soulève le cœur. Au prix que m'a coûté ce costume sur mesure, je ressors tout ça de ma poche, en me demandant ce que je vais pouvoir en faire. De toute manière, ces photos n'intéressent personne. À part mon père, qui croule sous les albums, ces témoignages fossilisés qu'il nous a rabâchés toute notre enfance, en espérant nous aspirer dans sa nostalgie morbide. J'ai la flemme de les rapporter dans la bibliothèque, où la tante Emma doit être encore en chasse, à quatre pattes dans la poussière.

Pour ma part, je ne garde rien, même pas les souvenirs.

Les femmes se sont rassemblées dans le petit salon, autour du poêle, pour attendre sans impatience le retour des chasseurs. Personne ne parle, ou presque, parce que personne n'a rien à dire. La tante Jenna somnole, engoncée dans sa doudoune blanche, avec son cycliste blanc, ses bottines blanches et ses bijoux dorés. Sa fille s'ennuie, comme toujours, la moue boudeuse et la bouche trop molle. Deux fois, trois fois, dix fois, elle change le CD de son baladeur, marmonnant quelque chose à ses amis imaginaires. Ma famille est nulle, ce manoir est nul, ce pays est nul. D'une certaine façon, je suis d'accord avec elle, mais le son grésillant de son casque me donne envie de la gifler. Mes enfants ont de la chance de n'être jamais nés, j'aurais été un père épouvantable.

Le mien me fixe une dernière fois, en noir et blanc, depuis le seuil de la chapelle où il avait encore vingt ans. Au revers de sa jaquette d'un autre siècle, il a accroché un œillet. Et il sourit.

Fallait-il qu'il se marie pour sourire comme ça.

Alors j'ouvre la trappe en fonte qui me brûle le bout des doigts, et j'enfourne, une à une, chaque minute de ce mariage qui n'a pas attendu les braises pour partir en fumée. Les images noircissent, se recroquevillent, puis les visages s'embrasent, et les kilts, et la chapelle, et cette Mk2 3,8 litres qu'ils n'auraient jamais dû vendre. Il ne reste que le faire-part, son ruban fané et son odeur de cave, que j'enfourne assez lentement pour voir les noms se consumer.

Je boirais bien quelque chose, maintenant. N'importe quoi, même du Baileys. Mais la maison me surveille, murmurant dans un courant d'air que je me suis suffisamment donné en spectacle.

Carrie s'est vautrée sur le divan de la grand-mère, ses Doc Martens écrasées dans les coussins de soie, pour feuilleter un magazine de musique qu'elle a lu et relu dans le train. La sonnerie du téléphone, plus stridente qu'une sirène d'alerte aérienne, la sort brusquement de sa lecture.

— Scott, tu y vas ?

— Non. Samantha va répondre.

— Ça doit être les Fairlane.

— Raison de plus.

— T'es chiant, soupire-t-elle en envoyant balader son magazine.

Je l'entends babiller dans le bureau du vieux, oui, tout le monde va bien, on vous embrasse, et oui, bien sûr que Scott est là.

— Scott ! Grand-père veut te parler.

Grand-père. Je n'ai jamais pu m'y faire.

Les Fairlane sont nos parents pauvres. Il en faut dans chaque famille, c'est une question de bienséance. Une branche démunie mais digne, une branche laborieuse dont on admire, pour le principe, le courage et l'abnégation. Robert Fairlane, Bob Fairlane, que je n'arriverai jamais à appeler grand-père, travaille depuis toujours pour un géant industriel qui emploie des dizaines de milliers de Bob Fairlane. Comme eux, il peine à payer ses factures, ses crédits, ses relances, et j'ai cru comprendre qu'il en était fier, puisqu'il n'a jamais voulu de l'argent de sa fille.

Le plus drôle, c'est que le même géant industriel joue au polo tous les vendredis avec mon père. Ils sont amis depuis l'université, je crois. Bob Fairlane, lui, ne l'a jamais vu en chair et en os, ou peut-être de loin, lors d'une inauguration, derrière une pyramide de coupes de champagne. Il restera à jamais un employé anonyme, sans passe-droit, sans avancement, car on ne gâche pas une bonne partie de polo avec de triviales histoires de carrière. Mon père a une grande estime pour les Fairlane. Naturellement. Comme nous tous. Mais pas au point d'avouer, devant la meilleure société, que ce petit employé occupé à trier des bons de commande, les yeux plissés derrière ses loupes bon marché, n'est autre que son beau-père.

Ex-beau-père, puisque sa femme est morte.

Bob et Martha Fairlane habitent toujours à la même adresse dans la grande banlieue de Londres, une modeste maison de brique qui a vu naître trois générations de petits fonctionnaires. Carrie va encore les voir, une ou deux fois par an, et elle est bien la seule. Ma mère est née au premier étage de cette maison, dans ce qui est devenu la pièce télé. Au coin de la fenêtre, à l'endroit où se trouve aujourd'hui une affreuse commode en faux chêne, elle a planté son chevalet et peint ses premières toiles. En visite chez les grands-parents, je montais furtivement me réfugier dans cette pièce, où, les yeux fermés, je tentais de reconstituer la chambre d'enfant que je n'avais jamais connue.

À onze ans, elle y a peint *Le Moulin au bord de l'eau*. À treize, *La Cascade*. Et à dix-huit ans, la fameuse *Ferme aux animaux*, qui lui a valu le prix du jeune espoir de quelque chose, avec une vraie exposition dans une vraie galerie. Je ne suis pas près de l'oublier, celle-là, puisque mon père a fait encadrer le carton du vernissage, pour l'accrocher au-dessus de sa table de travail. *Paysages, Clara-Eve Fairlane, 1965.* Ces toiles, comme toutes les autres, se trouvent dans l'appartement de mon père, dont elles envahissent les murs. Autrefois, les œuvres de jeunesse étaient stockées dans un carton, quelque part au fond d'une cave. Du vivant de ma mère, elles n'avaient guère plus de valeur que mes dessins au feutre, les chiens en terre glaise de James-Ed ou les colliers de nouilles de Carrie. Mais à la mort de sa femme, mon père n'a laissé à personne le soin d'entretenir ses reliques. Non content de posséder ce qui restait d'elle adulte, il s'est mis à collectionner les objets de son enfance. Aujourd'hui encore, il refuse de prêter un livre dont elle aurait corné une page. Je crois qu'il ne l'a vraiment possédée qu'après sa mort.

La maison des Fairlane n'existe que par cette chambre, la pièce télé, le berceau de ma mère. À regarder, par la fenêtre trop étroite, les maisons alignées, les jardinets en friche et les cheminées des usines à l'horizon, je me suis toujours demandé où elle allait chercher ses mille tons de vert, ses eaux vives étincelant au soleil et ses toits de chaume. Pour ma part, je n'y vois que du gris, du gris et de la brique, des jardins vides aux tons de cendre où pourrissent des carcasses de voitures.

15

C'est la première fois qu'elle pose. C'est long. Un peu douloureux. À force de rester droite, le regard au loin, les mains délicatement posées sur sa cuisse, elle ne sent presque plus son corps. Elle a cessé de sourire, parce que ça devenait intenable, que ses joues se contractaient, et qu'elle se préfère nature, pensive, peut-être un peu triste. Un sourire, c'est passager. Comme un coup de vent, comme une averse. Elle a suffisamment été de l'autre côté du pinceau pour savoir qu'un tableau, ce n'est pas une photo. C'est un peu d'éternité accroché sur une toile, qu'on n'atténue pas avec des émotions furtives.

Il fait froid, ici. On a pourtant allumé le poêle, mais les fenêtres de Dun Mansion sont aussi vieilles que ses murs, et laissent passer le vent comme si elles étaient ouvertes. Clara a choisi le petit salon rouge, une pièce où personne ne vient, parce qu'il n'y a rien à y faire. Elle s'y sent plutôt bien, moins mal qu'ailleurs, dans les couleurs chaudes des tapisseries indiennes. Puisqu'il faut river son œil sur quelque chose, elle a choisi une défense d'éléphant, qui prend la poussière entre deux meubles. C'est triste de mourir pour ça. Il y a des armes, aussi, comme partout, exposées sur les murs, des sabres, des poignards, des sagaies, tous ces souvenirs rapportés des colonies par ceux à qui elle tiendra bientôt compagnie dans la galerie des portraits.

Cet endroit est hors du monde.

Le peintre a fait glisser ses lunettes au bout de son nez. Il sait, et elle sait aussi, que c'est le moment le plus difficile, les derniers raccords, les derniers détails. Il n'est pas laid, son tableau. Objectivement, académiquement, il n'est pas laid. Aux Beaux-Arts, on aurait dit « propre ». Mais il est déjà vieux avant même d'être achevé. De petites touches de blanc tentent de faire vivre les pupilles mais rien n'y fait, c'est une image d'un autre siècle, une lady à la coiffure sage, au regard flou, les yeux fixés sur ce qui reste d'un éléphant.

Elle aurait voulu une pose inédite, un pull à col roulé, une touche rock pour éviter la poussière, mais le peintre est comme la maison. Il n'a pas la moindre idée de ce qui se passe dehors, dans le vrai monde, loin de cette lande pelée où il vit depuis toujours. Le journal, il ne s'en sert que pour nettoyer ses pinceaux, sans voir que sous le gris, le bleu, le beige, la France vit une deuxième révolution. Londres aussi a failli basculer, les étudiants ont occupé leurs écoles, et le White album *des Beatles tourne en boucle sur les ondes. Les choses bougent. Les gens bougent. C'est très étrange d'y penser quand on reste immobile.*

Clara pose depuis des années.

C'est long. Un peu douloureux.

Les garçons grandissent dans le confort feutré de l'appartement de Londres, tout beaux, tout propres, en bleu marine et blanc. Scott a bientôt quatre ans, déjà quatre ans, et le petit Jed le suit partout. C'est son modèle. Son idole. Clara se sent un peu coupable, mais il lui arrive de regretter la nanny que lui proposait Oliver pour s'en occuper de loin, comme une lady victorienne, simplement les border, leur lire une histoire, allumer la veilleuse et les laisser grandir seuls. Elle n'a pas osé. Elle n'a pas voulu être cette femme que tout le monde envie, que tout le monde déteste, qui regarde passer la vie sur les balcons des grands hôtels de la Riviera. Et puis elle est mère, c'est beau d'être mère. On renonce à tout, mais il reste tant de choses. Les biberons, les chansons, les jeux, le bain, le zoo. Les thés entre mamans, avec des gâteaux au gingembre, où l'on parle de biberons, de chansons, de jeux, de bain, de zoo. Et puis chez les Mc Brennan, les femmes ne travaillent pas.

Clara n'est pas sûre de s'habituer un jour.

Oliver rentre tard, de plus en plus tard, et quand il rentre, il parle de lui. De sa journée, de ses collègues, de ce poste qu'on lui refuse en sachant qu'il est le meilleur. Les sorties sont rares, puisqu'il déteste tout, le théâtre, les concerts, trop de monde, trop de fumée. Ce qu'il aime, c'est un bon film à la télé, quelque chose de détendant après toutes ces réunions, et les moments de tendresse, où il la chevauche comme un lancier du Bengale, les dents serrées, le souffle court.

Et les dîners d'affaires, où il veut qu'elle soit belle.

Le voilà qui arrive, qui vient aux nouvelles, parce qu'on va bientôt passer à table, et qu'il est curieux de voir. C'est important, un portrait. C'est la véritable entrée dans le clan Mc Brennan. C'est ce qui restera d'elle quand elle sera morte et que d'autres, peut-être, les petits-enfants, les arrière-petits-enfants, se réuniront à leur tour pour fêter le mariage du patriarche et de la noyée. Il trouve ça émouvant. Et beau. Comme le tableau. Parfaitement saisi. Parfaitement exécuté. Son regard, sa pose, cet air à la fois doux, pensif et maternel. Tout ce qu'il voudrait qu'elle soit, au point de s'en convaincre.

Clara se regarde avec l'impression d'observer une autre. Une image creuse, sans âge, sans substance, que l'on suspendra au mur pour laisser dans un couloir glacé le souvenir de quelqu'un qui n'existe pas. À moins qu'elle ne se soit perdue, sans vraiment s'en apercevoir. Et qu'elle soit devenue ce portrait, à force de disparaître.

Oliver n'a pas très envie de l'entendre. Pas maintenant. Il a peur d'être en retard, personne n'est jamais en retard, la cloche du dîner a déjà sonné aux cuisines. À l'heure qu'il est, toute la famille doit être en route pour la salle à manger, et puis même, il ne comprend pas, il est très beau ce portrait. Au-delà de ses espérances. Toutes les femmes du monde vendraient leur âme pour être à sa place, se faire peindre par un grand artiste – parfaitement, un grand artiste – dans l'une des plus anciennes familles de la bonne société, ça n'a pas de prix. Ou plutôt si, ça a un prix, et si elle le connaissait, ce prix, elle ferait moins la fine bouche. Mais il comprend, bien sûr qu'il comprend, il est un homme moderne. Il sait qu'elle a envie d'autre chose. Ça arrive à toutes les mères, c'est arrivé à la sienne, ce n'est rien, un passage.

L'impatience le rend fébrile, comme si le monde allait s'arrêter pour deux minutes de retard, comme si à trente ans, il n'était encore qu'un petit garçon dans l'ombre écrasante de son père. Il se fait pressant. Suppliant, même. Viens, c'est l'heure. Alors elle parle, pour profiter de ce moment de faiblesse, si vite qu'il peine à la suivre, à admettre qu'elle veut revenir dans le monde, travailler peut-être, et peindre, de nouveau peindre. C'est son oxygène, sa raison d'être.

Oliver lui sourit. Il y a déjà pensé.

Il va tout organiser pour elle. Une pièce à elle, cette chambre d'amis qui ne sert à rien, dont on fera un atelier. Une exposition à son club, où il invitera la famille, bien sûr, mais aussi ses collaborateurs et leurs femmes, surtout leurs femmes, parce qu'il faut bien le dire, c'est elles que ce genre de chose intéresse. Il faudra fixer des prix. Pas trop élevés, mais tout de même. Il est sûr que tout partira. L'un de ses collègues a fait ça pour sa femme, une espèce de vernissage dans son jardin, avec un buffet, pour écouler ses petites sculptures en terre cuite, à ce qu'il paraît c'était charmant.

Et maintenant, il est temps de passer à table.

16

Sur la terrasse détrempée, six cadavres attendent. La récolte a été maigre ; deux pigeons, deux perdrix et un couple de lapins aux côtes brisées par la chevrotine. On est loin des tableaux de chasse de la grande époque, des chevreuils alignés par dizaines que l'on jetait en pâture aux chiens et aux gens du village. Le gibier est plus rare aujourd'hui, et la main des tireurs moins sûre. Si le vieux n'était pas le vieux, personne ne lui confierait une arme, alors qu'il peine à reconnaître Samantha au bout d'un couloir. Et je ne parle pas de Ron, dont la moue renfrognée en dit long sur sa performance. S'il suffisait de postillonner piou-piou pour viser juste, les choses seraient sans doute plus simples pour tout le monde.

Qu'importe, les hommes ont pris la pose pour la photo traditionnelle, fusil en bandoulière, sourire aux lèvres, devant les derniers trophées du millénaire. 1999.

L'année prochaine, s'il y en a une, le monde entrera dans une nouvelle ère, qui n'atteindra jamais Dun Mansion. Comme tous les ans, cette photo finira dans nos boîtes aux lettres, accompagnée d'un petit mot du patriarche, griffonné, bâclé, sur son papier à en-tête aux armes familiales. De son écriture épileptique de vieillard, il nous remerciera d'être venus, nous les fils, les petits-fils, les hommes, les chasseurs.

Il n'y a jamais eu une femme sur ces photos-souvenirs. Pas même la sienne, dont on célèbre la mémoire comme si elle n'avait jamais existé.

À travers la fenêtre embuée, la nuit rampe déjà sur la lande, effaçant mètre par mètre ce qui reste de relief dans la brume. Le vieux John est venu ramasser les trophées, les chasseurs ont retiré leurs bottes. Je n'aime pas ces heures où les volets se ferment, où les lumières s'allument, où le monde se réduit entre quatre murs. C'est le moment où la maison s'éveille, s'étire, se nourrit de notre présence avec une jouissance vampirique. Jusqu'au matin, elle aura le champ libre pour attiser les rancœurs, les disputes, la jalousie, l'aigreur. Des voix résonnent dans le hall, on parle encore de chasse, des deux malheureux lapins qui ont failli échapper à leur destin. Mais on les a traqués, débusqués, abattus dans leurs terriers. On les voit passer dans le couloir, les héros du jour, fatigués, euphoriques, le visage rougi par le vent.

Le dîner approche.

Ils vont monter dans leurs chambres, faire un brin de toilette, revêtir leurs costumes, nouer leurs cravates, passer un coup de chiffon sur leurs chaussures lustrées. Ils s'aspergeront d'eau de toilette. Puis ils redescendront, l'un après l'autre, pour fumer un bon cigare pendant que les femmes se préparent. Ils ironiseront, comme toujours, sur le temps qu'il faut à ces dames pour se glisser dans une robe. Ils parleront affaires. Ils parleront politique. Ils compareront leurs enfants, et les enfants de leurs enfants. Et moi, je m'affalerai, comme toujours, dans un fauteuil près du poêle, en me promettant que l'année prochaine, je ne viendrai plus.

Même l'année de mon accident, j'étais là.

Je ne sais plus qui m'a accompagné, mais j'étais là.

Des cris au premier étage me font lever la tête, comme si je pouvais voir quelque chose à travers le plafond cloisonné. Un Mc Brennan n'est pas censé élever la voix, et pourtant. Une curiosité un peu malsaine me pousse à me glisser dans le corridor, pour traîner ma jambe jusqu'au petit escalier, d'où je serai bien placé pour épier la première dispute de l'année.

Ça commence vite, ce soir.

En haut des marches, on entend mieux. Un peu mieux. La voix la plus vive est celle de ma sœur, ce qui me fait sourire, car j'aurais parié cent livres sur la tante Jenna, cette Texane sans manières qui n'hésite jamais à monter dans les aigus. Alors j'abandonne le coin d'ombre où je pensais assister à la pièce, pour me poster aux premières loges. Avec une vue imprenable sur la scène, puisque Carrie a laissé sa porte grande ouverte.

Furieuse, elle se tient face à l'oncle Colin dont la coquille se referme à vue d'œil, faisant de lui une espèce de boule informe. Il porte encore sa veste de chasse, sa casquette qui lui décolle les oreilles, son écharpe à carreaux. Et ses grosses chaussettes trempées aux orteils, qui laissent des traces un peu grotesques sur le parquet impeccablement ciré. À leurs pieds il y a un sac, un sac à dos ouvert. Celui de l'autostoppeuse. Le peu qu'elle possède est là, étalé sur le tapis, quelques T-shirts froissés, un jean, des culottes. Un livre, des gants en laine, et le bonnet qu'elle portait sur la route.

— Tu ne vas pas y croire, lance Carrie en me voyant sur le pas de la porte.

— Je n'y crois déjà pas.

Une lueur assassine dans le regard, elle se tourne à nouveau vers Colin, qui baisse la tête comme un chien puni.

— Ton oncle va pouvoir te dire pourquoi il fouillait le sac de ton amie, parce que moi, je n'ai toujours pas compris.

— Je croyais que c'était *ton* amie, fais-je en ricanant, pour ajouter à la confusion.

Colin a retiré sa casquette, découvrant ses cheveux collés par l'humidité.

— Je vais vous expliquer.

— J'espère bien, cingle Carrie, que je n'ai jamais vue comme ça.

— J'ai juste voulu vérifier, gémit-il après un instant de silence.

— Vérifier quoi ?

— Je ne sais pas, son nom… son identité.

Elle roule des yeux effarés, surjoue un peu dans l'espoir que je la rejoigne, mais je me contente d'un petit sourire. Cette année promet d'être inoubliable.

— Son identité ? Mais de quel droit ? Tu es dans la police, maintenant ?

— Non, mais... Tout le monde se pose des questions... Vous ne trouvez pas ça bizarre, vous ? Cette fille qui s'impose, comme ça, sans connaître personne... On a bien compris que ce n'était pas ton amie, ni celle de Scott. Qu'est-ce qu'elle nous veut ? Pourquoi est-ce qu'elle reste ? Avec tout ce qui se passe de nos jours, il vaut mieux être prudent.

Carrie hausse les épaules.

— Et alors ? Il y a écrit « terroriste » sur sa carte d'identité ?

— Elle n'a pas de papiers, chuchote Colin avec un regard de gibier aux abois.

— Ils sont peut-être dans sa poche, ses papiers. Et puis même, à quoi ça t'avance de savoir comment elle s'appelle ? Demande-le-lui, si ça te préoccupe, au lieu de fouiller ses affaires comme un voleur !

Un semblant de fierté passe dans les yeux de l'oncle Colin, pour la seule fois de son existence peut-être, à croire qu'il suffit d'une autostoppeuse pour redresser enfin la tête.

— Ce n'est pas moi qui l'ai amenée ici, s'écrie-t-il de sa voix mal assurée. Et ce n'est pas à moi d'assumer les conséquences !

Carrie secoue la tête avec un sourire désabusé.

— Tout ça pour une pauvre fille qui ne sait pas où passer Noël. Vous devriez avoir honte... Tu diras aux autres qu'elle va dîner avec nous, que ça leur plaise ou non, parce que moi je ne la jette pas dehors pour qu'elle dorme à la gare, comme une clocharde, en attendant le train de demain matin.

— Elle ferait mieux de partir, je t'assure, supplie l'oncle Colin.

— Je lui ai prêté des fringues, si tu veux savoir. Pour la soirée. Elle est allée se préparer, et quand elle descendra tout à l'heure, on lui fera bon accueil, on lui servira une coupe de champagne, et on lui donnera une place à table, comme une *putain* de famille normale qui reçoit une *putain* d'invitée pour sa *putain* de soirée de Noël !

Trop de putains pour les chastes oreilles de celui qui passe ses dimanches à demander pardon pour ses fautes. L'oncle Colin bat en retraite, à reculons, comme le lapin qu'il a tiré tout à l'heure, en marmonnant quelque chose qui ressemble à une excuse. Le bruit sourd de ses pas humides s'éloigne dans le couloir, et Carrie me regarde d'un air affligé.

— Putain de famille.

Je lui réponds par un sourire et lentement, très lentement, pour marquer toute l'admiration que je lui porte ce soir, j'applaudis.

17

Edgar est mort. L'oncle Edgar. Celui qui a fait deux guerres. Une de trop sans doute, puisqu'il passait le plus clair de son temps à radoter sur le désastre de Dunkerque, les godillots qui prennent l'eau et les fusils qui pèsent une tonne. Oui madame, une tonne. Clara ne lui a jamais vraiment parlé, pas plus que les autres. On lui disait « bonjour oncle Edgar », certains déposaient un baiser un peu contraint sur ses joues creuses et on le laissait là, dans un coin, comme un vieux chien dans son panier. Elle n'a jamais très bien su de qui il était l'oncle, ni pourquoi il s'était infligé deux guerres, mais il faisait partie des meubles, tous les Noëls à Dun Mansion et parfois à Londres, pour les grandes occasions.

Personne ne se souciait de lui, et pourtant ils sont tous là.

La famille, bien sûr, mais aussi des gens que Clara n'a jamais vus, un haut gradé en grand uniforme, un officiel de la mairie et quelques cadres de la City, banquiers, financiers, empesés, obséquieux, les obligés du patriarche, heureux de lui renvoyer l'ascenseur en prononçant quelques mots sur le cercueil du héros de guerre. Au bord de ce trou qui sent la terre après la pluie, on parle d'héroïsme, d'abnégation et de grandeur. Personne ne songe à l'ironie de cette dernière tranchée, où il prendra l'eau comme à Dunkerque, jusqu'à la fin des temps.

Clara a reculé de quelques pas pour laisser le reste de la famille se recueillir avant les premiers coups de pelle. Oliver se tient droit dans son long manteau noir, le visage grave et le sourcil froncé. Il ne la regarde pas, et elle non plus ne le regarde pas. La dispute a été houleuse et c'est lui qui l'a emporté, comme toujours, parce qu'il est l'homme, le chef de famille, celui qui rapporte l'argent à la maison. Il a gagné le droit d'amener les garçons à l'enterrement, ces deux petits bonshommes de trois et cinq ans, pour leur montrer la vie. La mort. Pour ne pas qu'ils deviennent des chiffes molles. Scott ne parvient pas à détacher les yeux de la boîte, il pleure parce que les gens pleurent, et un peu pour l'oncle Edgar, dont il ne se rappelle sans doute pas, mais c'est triste de mourir, comme Bambi. Jed a tendu la main pour que son père la prenne, et faute de réussir à pleurer sur commande, il pousse du bout du pied des petites mottes de terre qui se perdent dans le trou. Clara s'en veut d'éviter son regard, mais à cet instant, elle se voudrait seule, sans famille, libre comme ce corbeau qui vient de se poser sur une tombe.

Melvin s'est fait couper un costume noir de circonstance, trois-pièces, dernier cri, chez son tailleur de Saville Row. Il ne travaille pour ainsi dire pas, mais l'argent paternel continue de couler à flots, alors il écume le Swinging London et la Côte d'Azur, fume des Dunhill et collectionne les filles. La dernière en date, une Danoise qui pose pour des magazines, l'attend ostensiblement dans sa petite MG décapotée devant la porte du cimetière, pour être sûr que tout le monde la voie. Il adresse à Clara un sourire mauvais, en coin, petit rappel des deux mots qu'il lui a glissés tout à l'heure, sur le ton de la plaisanterie bien sûr.

Et d'un.

S'il pouvait savoir à quel point elle s'en moque, de son héritage, de son manoir, de cette tradition qui les écrase tous.

Le patriarche s'est lancé dans un long discours, un chant de gloire à la mémoire du héros, lui qui est passé entre les gouttes en 1940, soutien de famille, chef d'entreprise. Il l'a porté, l'uniforme, mais en réserviste, à la Chambre.

Royal Scots Guards. Clara a souvent eu un haussement de sourcils devant sa photo de guerre, posée sur le piano dans le salon de Dun Mansion. Son père à elle, cet anonyme, a servi dans une batterie antiaérienne jusqu'au dernier bombardement. Il n'a jamais eu de photo. Un éclat de shrapnel dans le bras, mais pas de photo. C'est de lui qu'elle tient l'histoire de Douglas Mc Brennan, cette histoire qu'Oliver n'a jamais voulu entendre.

Les coups de pelle résonnent dans la terre humide, la famille se rassemble, s'embrasse, et déjà on parle d'autre chose, le travail, les enfants, cette météo infâme qui mine le moral. La tante Emma a déplié son parapluie, on se plaint de la boue, et maintenant il faut porter Jed, qui est toujours infernal quand il n'a pas fait sa sieste. On cherche le doudou. On regarde Clara. Parce que personne ne sait où il se trouve, ce doudou, personne sauf elle, la mère, la maman, cette domestique de tous les instants dont on attend un service irréprochable. Pas aujourd'hui. Aujourd'hui c'est lui. Lui qui les a habillés tant bien que mal, qui a oublié les biscuits. Et le doudou. Ce foutu doudou, un âne informe, comme un gant de toilette, qui sent plus mauvais qu'un jouet de chien. Jed hurle comme un damné, Melvin lance un sarcasme et le patriarche, embarrassé devant son beau monde, entraîne ses amis loin de l'agitation.

Clara reste de marbre mais au fond, elle sourit.

Le seul qui paraît vraiment triste, c'est Colin. Il est venu la rejoindre, les yeux rougis, la mine défaite, pour lui poser une main consolatrice sur l'épaule. Elle sait combien ça lui coûte, le gauche, le discret, le timide, dont le regard fuyant peine à se fixer. Elle n'a pas oublié toutes les fois où il a tenté de la défendre, quand Melvin lâchait ses piques assassines. Quand le patriarche laissait entendre que les petites gens resteront de petites gens. De sa voix mal assurée, ignorant courageusement le mépris des autres, il a pris son parti plus souvent que son mari lui-même. Et pourtant il a peur. De tout. De tous.

Sans lui, elle serait définitivement seule dans ce clan qui la rejette.

Alors elle préfère lui dire, lui dire que cet enterrement n'est qu'une comédie de plus, que ce pauvre Edgar n'était rien pour elle, que si elle a l'air triste, c'est pour autre chose. Rien de grave. Une dispute. Et le reste, aussi le reste, ce qui lui pèse sur le cœur et qui déferle d'un coup, comme une digue qui s'écroule. Cette vie qui l'étouffe, qui la brise, qui l'enchaîne. La culpabilité qui la ronge, le costume de mère trop grand pour elle, ou trop petit, dans lequel elle se sent fausse. Les mots qui la hantent, les maux qui la hantent. Cette impression d'être vieille, déjà vieille, flétrie comme si elle avait mille ans, et le monde qui suit son cours, à la télé, dans le journal, sans elle, sans eux, ces gens qui fument de la marijuana dans les parcs, qui font l'amour à trois, à quatre, à dix, cette musique hallucinée qui a remplacé le rock. Elle a envie de ça. Elle a envie de tout. Mais c'est fini, c'est trop tard. Et la peinture, ça la fait rire, la peinture, ces tableaux qu'elle peint seule, pour décorer une pièce où personne ne rentre, son mari qui voudrait les offrir à une œuvre charitable, une foutue tombola, comme si les pauvres avaient besoin de ça, et Scott qui répète « c'est joli maman », même quand c'est laid, même quand c'est moche, parce qu'il a cinq ans, et qu'il veut faire plaisir. Voilà pourquoi elle pleure, et une fois de plus elle se sent coupable, de pleurer ici, devant une tombe, sur cette vie qu'elle déteste et que tout le monde lui envie.

La famille est loin déjà, on marche vers la sortie, Jed crie maman et Oliver la foudroie du regard.

Colin a sorti un mouchoir de la poche de son costume trop large. Un vrai mouchoir, à l'ancienne, en tissu, comme il n'y en a plus que chez les Mc Brennan. Il est froissé, passé, à l'image de son col de chemise qui fait de faux plis. Clara sourit entre ses larmes en le voyant tendre la main vers elle. Timidement, délicatement, il lui essuie les joues, avec ses gestes maladroits d'éléphant dans un magasin de porcelaine. Alors elle le serre dans ses bras, fort, très fort, comme elle n'a plus serré personne depuis longtemps. Elle le remercie d'être là, de la voir, de l'entendre. De lui donner le sentiment d'exister encore. Mais au moment où elle desserre son étreinte, elle voit qu'il la regarde. L'œil inquiet, le rouge aux joues, murmurant une phrase hachée dont elle comprend à peine le sens. Puis il plaque ses lèvres sur les siennes, brutalement, sans réfléchir, comme quelqu'un qui n'a jamais embrassé personne.

Elle a senti ses dents cogner contre ses lèvres.

Il ouvre les bras, il recule, il bafouille, il s'excuse. Pardon. Pardon. Il ne sait pas ce qui lui a pris, un coup de folie, un coup de tristesse, c'est la faute de cet enterrement, d'Oliver qui lui fait vivre un enfer, il a voulu la consoler, il n'aurait pas dû. Il la supplie d'oublier ça, de ne rien dire à personne. De ne pas lui en vouloir. De ne pas lui retirer son amitié.

Elle promet, tout en essuyant ses lèvres.

Elle se force à sourire.

Mais la seule image qui lui vienne en tête, qui fait monter le dégoût, la nausée, c'est cette silhouette pataude recroquevillée sur son lit, une main dans la braguette de son pantalon trop large, en train de penser à elle.

18

La vieille s'est mise à hurler. Comme une damnée. L'espace d'une seconde, j'ai cru que c'était dehors, un animal, ou le vent dans la cheminée, mais non, c'est elle qui hurle, de sa voix de corneille, aiguë et stridente. J'ai tout de même fini d'ajuster mon nœud de cravate, parce que tout le monde doit déjà voler à son secours, et puis je n'ai aucune notion de rien, ni premiers soins ni secourisme. Il fallait bien que ça arrive. Ils finiront tous par se casser le col du fémur sur ces escaliers trop bien cirés, qui auront ma peau et la leur.

Foutue maison, je suis sûr que ça lui fait plaisir.

Ça s'agite dans le hall, ça crie, ça panique. Les voix se superposent, l'écho brouille les repères et Samantha, tétanisée, se tient le visage entre les mains. Comme si la tante Emma était déjà morte. Elle hurle encore, pourtant, quelque part au deuxième, ou peut-être en bas, aux cuisines, d'ici je ne vois rien, qu'un corridor désert aux lustres blafards.

J'entends crier « elle est là », alors j'avance, comme tout le monde, un peu moins vite que tout le monde, jusqu'au détour d'un couloir où Melvin attend déjà, perplexe, les mains sur les hanches. Carrie déboule à son tour, échevelée comme si elle avait mis deux doigts dans une prise de courant, puis Ron, avec sa bouche grande ouverte de carpe japonaise sortie de son bassin.

La tante Emma n'est pas tombée.

Ni dans un escalier, ni ailleurs.

Cette vieille folle pousse des cris devant une porte fermée.

— Ça ne s'arrange pas, ironise Melvin en lissant sa moustache.

Mon père est arrivé, son brevet de secourisme en auréole, écartant les autres d'un geste autoritaire.

— Tout va bien ! lui lance Ron, que personne n'écoute.

Carrie tend doucement la main mais la vieille la repousse. Il n'y a plus que la porte, cette porte qui la fascine, qui l'hypnotise, et qu'elle pointe fébrilement de son doigt tordu en espérant nous attirer tous dans sa folie.

— Elle est là ! Vous ne voyez pas qu'elle est là ?

— Qui ça, tante Emma ?

Je sais bien, moi, de qui elle parle, mais je n'ai pas envie d'en rajouter.

De l'autre côté du couloir apparaissent les retardataires, tante Jenna qui répète « oh mon Dieu » en boucle, Lula dans son horrible robe jaune de soirée, et James-Ed, dont le destin est toujours d'arriver après les autres.

Il ne manque que le vieux, mais à son âge, on n'entend plus les autres hurler.

— Tout va bien, ressasse Ron, qui se croit important depuis qu'on lui a confié un fusil.

La tante Emma a cessé de crier. Elle nous dévisage, les uns après les autres, puis elle se rapproche, craintive, comme on fait un pas vers la porte des enfers.

— Vous ne voyez pas que c'est elle ? C'est Clara-Eve, elle est là, elle est revenue !

Mon père encaisse le coup, en grand blessé dont on fouille la plaie ouverte.

— Arrête, dit-il froidement.

— Je vous dis qu'elle est là !

— Il faut appeler un médecin, fait Melvin d'un air agacé.

Mais la tante Emma continue de gesticuler, face à cette porte dont elle finit par effleurer la poignée, avant de retirer sa main comme si elle était chauffée à blanc.

— Je n'ai rien fait, Clara-Eve ! crie-t-elle de sa voix éraillée. Je te jure que je n'ai rien fait !

— Ça suffit, gronde mon père entre ses dents.

Je me rapproche de Carrie, avec un sourire que je ne tente même pas de dissimuler. C'est une belle année, vraiment. Un feu d'artifice. Un passage au millénaire qui n'a rien à envier à tout ce que les gens ont planifié depuis des années, aurores boréales et vols en apesanteur.

— C'est à l'autostoppeuse qu'elle parle ?

— Ouais, répond-elle à voix basse. Il faut avouer qu'elle aurait pu choisir une autre salle de bains.

Ce n'est qu'à cet instant que l'évidence me frappe. Cette porte est celle de la salle de bains bleue, celle que personne n'utilise, qui est restée figée, au porte-savon près, depuis vingt-cinq ans. Celle où ma mère est morte.

Je me retiens de ricaner, parce que mon père nous regarde.

— Elle est vraiment entrée ici pour prendre un bain ?

— Visiblement, oui.

— Alors toi, cette année, t'as décidé de mettre de l'ambiance !

Avec une grimace de contrariété, Carrie m'envoie un coup de coude dans les côtes.

— Ça va pas ? J'y suis pour rien ! Je lui ai donné une serviette, c'est tout. La salle de bains du haut devait être occupée, comment veux-tu que je devine qu'elle descendrait ici ?

Mon père a pris la tante Emma par le bras, pour tenter de la ramener dans un monde qu'elle a quitté depuis si longtemps qu'elle a dû en perdre le souvenir. Mais elle vocifère toujours, criant à travers une porte aveugle qu'elle n'a rien oublié.

Personne n'a oublié.

— Ça suffit, Emma. Tu te donnes en spectacle.

Et elle n'est pas la seule. À présent, tout le monde la contemple, cette porte fermée, avec des poses de tragédie antique. Mon père drapé dans son veuvage. Colin dans sa coquille. Melvin et son petit sourire. Carrie désolée, James-Ed hésitant. Et la Texane peroxydée qui protège ses ados de ses bras potelés. De quoi, je l'ignore, peut-être de cet accent britannique qui finit par déteindre sur eux. Chacun joue son rôle, sans rien changer, comme ces acteurs à succès condamnés à faire le même film toute leur vie. C'est cette photo que j'aimerais recevoir dans ma boîte aux lettres, pas leur minable tableau de chasse.

À cet instant la porte s'ouvre.

— Pardon, Clara-Eve, pardon, implore la tante Emma.

Elle se tient là, devant nous, dans un nuage de vapeur plus dense qu'un brouillard. Pieds nus sur le carrelage, enveloppée dans un peignoir trop grand pour elle, elle a roulé une serviette sur ses cheveux, et son visage paraît plus fin encore. Une bouffée de savon, de chaleur et de crème plane autour d'elle comme une aura. De ses grands yeux bleus, elle nous regarde sans comprendre.

— Désolée, fait Carrie avec un sourire embarrassé. C'est un malentendu.

19

Cette fois, elle s'en va. N'importe qui s'en irait. Même sous la pluie, même sous le vent. Même à pied, son sac sur le dos, le long de cette route qui ne va nulle part. Quitte à passer la nuit de Noël allongée sur un vieux banc de plastique sans couleur, dans une petite gare déserte dont le distributeur de boissons est en panne depuis dix ans. Tout vaut mieux que cette maison de fous, qui la poursuit jusque dans son bain en l'appelant du nom de ma mère.

Adossé au mur du couloir, j'écoute Carrie s'excuser, s'expliquer, comme si elle avait des comptes à lui rendre. Elle est comme ça, ma sœur, avec tout le monde, depuis toujours. La bonne poire des chiens perdus, des copains en galère, des pique-assiette pleins de bonnes raisons qui passent des mois sur son canapé-lit. Et puis elle se sent coupable, comme souvent, comme toujours, d'être une nantie déguisée en fille du peuple, dont les racines sont ici, sous les murs de cette maison dont les fondations sont plus vieilles que notre mémoire.

— Bon, je vais l'accompagner à la gare, soupire-t-elle en sortant de la chambre.

Je lui réponds par un sourire narquois qui me vaut un regard noir.

— C'est dommage, on va passer à table.

— Ce qui est dommage, c'est qu'à cause de nous, elle va passer le pire Noël de sa vie. En espérant qu'il ne lui arrivera rien !

— Rien de pire qu'ici, tu veux dire ?

— Tu m'énerves, Scott.

Dans la chambre, au pied du lit défait, jonché de vêtements et de serviettes, l'autostoppeuse nous ignore, penchée sur son sac, ses longs cheveux coulant jusqu'au sol.

— Ne t'en prends pas à moi, fais-je avec un clin d'œil. Moi aussi j'ai envie qu'elle reste.

— Parce que ça t'amuse ! Ne me dis pas que tu t'inquiètes pour elle, je ne te croirais pas.

J'approuve d'un signe de tête complice, qui lui fait lever les yeux au ciel.

— Ça ne t'amuse pas, toi ?

— Non. Ça n'a rien de drôle. Tante Emma est folle, et ça les replonge dans leurs pires souvenirs, c'est tout.

— Et l'oncle Colin qui fouillait son sac, il est fou, lui aussi ?

Elle me regarde sans répondre.

— Il faut qu'elle reste, fais-je après un silence.

— Pourquoi ? Pour que tu prennes plaisir à les voir s'engueuler ?

— Non, parce qu'elle est en train de remuer quelque chose.

— Oh, c'est bon, docteur Freud... Et de toute manière, j'ai tout essayé, elle ne veut pas rester une minute de plus, et je la comprends.

Par la porte entrouverte, on n'aperçoit plus que le sac à dos, et la paire de grosses chaussures éculées qui attendent de reprendre la route. Mais un miroir indiscret me renvoie les bribes d'une silhouette gracile, se contorsionnant dans un coin d'ombre pour enfiler son jean.

— Laisse-moi faire.

Carrie m'arrête d'un geste.

— Par pitié, ne lui sors pas ton numéro de séducteur. C'est ridicule, c'est déplacé, c'est ringard, et ça ne marchera pas.

— Tu veux parier ?

De guerre lasse, elle secoue négativement la tête.

Assise sur le bord du lit, l'autostoppeuse lace fermement ses chaussures de bûcheron sans lever les yeux sur moi. Il y a quelque chose de fascinant dans ce geste, toute la force de ceux qui se promènent sur les routes avec un petit sac sur le dos. Je n'ai jamais vécu que des voyages réservés, planifiés, à traîner de taxi en hôtel ma Samsonite à roulettes.

Son regard remonte lentement jusqu'à mes yeux, où il vient se planter avec toute l'ironie de son indifférence.

Ça tombe bien, elle m'indiffère aussi.

J'ai glissé la main dans la poche de ma veste, pour en ressortir ce que je peux, ce qui me reste, une petite liasse de billets que je déplie, un à un, pour les défroisser. Une assez jolie somme, je suppose, pour quelqu'un qui fait ses comptes en fin de mois. J'ai bien fait de payer en carte à la station-service.

Sans un mot, je les lui tends.

Sans un mot, elle les empoche.

Et elle sourit en coin, pas pour moi mais pour elle, pour cette invraisemblable soirée de Noël qu'elle racontera toute sa vie à des gens qui ne la croiront pas.

20

On a sorti l'argenterie, les cuillères de la noyée. Sur les tasses de porcelaine, l'or du monogramme s'efface, avec le souvenir de celles qui en ont hérité. Les mères. Les grands-mères. Les arrière-grands-mères. La tante Emma s'est assise avec une raideur royale, les genoux serrés sous sa jupe droite des années 1960, les fesses au bord du fauteuil. Elle soulève délicatement sa tasse, sourit et avale une gorgée de thé sans quitter Clara du regard. C'est rare de la voir ici, dans l'appartement de Hyde Park. Elle n'aime pas la ville, les voitures, la foule, ni les pantalons pattes d'eph de la nouvelle génération. Sa maison est quelque part dans le Surrey, au cœur d'un village sans âge où elle regarde passer les saisons.

Quand elle se déplace, ce n'est pas pour rien.

Clara l'observe, l'écoute se plaindre de l'impolitesse des taxis, se demande quand elle se décidera à dire ce qu'elle vient faire là, un matin de printemps, aux heures où d'ordinaire elle bichonne ses hortensias. Mais tante Emma est une Mc Brennan, elle ne fera pas d'entorse aux convenances. Tout y passe, la nouvelle tapisserie murale dont la couleur est parfaite, le teint de pêche du petit James-Ed, qui est si mignon, dommage que son frère ne soit pas là, pour une fois qu'elle vient, et ce petit meuble en bois de rose qu'elle trouve splendide, surtout pour ce prix, c'est fou ce qu'on peut dénicher dans les brocantes.

Clara la ressert, sans lait merci, juste un morceau de sucre.

La tante s'est adossée, juste assez pour pouvoir croiser les jambes, grignoter un biscuit et laisser passer un court silence. Enfin. Il lui en aura fallu du temps, pour dévoiler la raison qui l'a poussée à prendre le train, et ce taxi si mal élevé dont elle se souviendra longtemps.

Elle sait que les choses ne vont pas bien.

Elle sait qu'Oliver et Clara traversent une mauvaise passe, qu'ils se parlent peu, qu'ils se parlent mal, qu'elle lui reproche beaucoup de choses et qu'il se sent impuissant. Oui, il lui a parlé. C'est normal, elle est un peu sa deuxième mère, et puis la famille, c'est à ça que ça sert. À se tenir les coudes dans les moments difficiles, à se maintenir à flot dans la tempête. À s'écouter, à se comprendre. Les

Mc Brennan sont un clan, une entité, un grand vaisseau où tout le monde rame, contre vents et marées, dans la même direction. Quitter le navire, c'est prendre le risque de couler seul.

Drôle d'image, surtout avec cette cuillère à la main.

Elle sait que Clara rue dans les brancards, qu'elle voudrait travailler, quelle idée, avec les gens qui n'ont pas le choix, qui triment six jours par semaine pour un salaire dérisoire, pour nourrir leurs enfants et payer leurs factures. À vingt ans, peut-être. Tout le monde a droit à sa petite rébellion, sa crise d'adolescence. Mais plus aujourd'hui, Clara-Eve. Plus aujourd'hui. À bientôt trente ans, on n'est plus une enfant, on est une femme. On ne se perd pas dans des lubies, on ne rêve pas d'être une artiste, de vivre de l'air du temps en espérant vendre un ou deux tableaux, ces fameux tableaux, on n'oublie pas qu'on a des enfants, la chose la plus importante du monde, et un mari, et un foyer, qui reposent sur ses épaules. À presque trente ans, on sait reconnaître à quel point on a de la chance, un mari en or, et la possibilité de changer sa tapisserie murale, comme ça, sans réfléchir, sans se demander combien ça coûte, parce qu'on aime le marron. Ou le beige, peu importe, ce n'est pas le moment de jouer sur les mots.

Il ne faut pas croire que tout est acquis.

Beaucoup d'autres se sont retrouvées à la rue.

Et les enfants, il serait temps de penser à eux.

La gorge serrée, Clara écoute en silence parce qu'elle n'a pas les mots, juste une envie insensée d'être ailleurs. Ce discours qui pèse comme une enclume, elle se le répète tous les jours. Tous les jours. Chaque fois qu'elle prend ses fils dans ses bras. Chaque fois qu'elle s'abandonne au désir morne d'Oliver. Et quand ce n'est pas elle, c'est lui qui l'attise, comme des braises sur un feu qui ne s'éteint jamais.

Le ton se fait plus doux, le regard presque tendre. La tante Emma n'est pas là pour lui faire mal. Au contraire. C'est une main tendue, une oreille amicale, une preuve que non, la famille ne lui est pas hostile. Elle est sa bonne fée, son génie de la lampe, venue l'aider à remonter de ce gouffre qu'elle a creusé elle-même. La vie est belle, quand on sait la prendre. Quand on a l'expérience, quand, à l'approche de la soixantaine, on a tout fait, tout vu, tout compris.

Chez les Mc Brennan, on ne divorce pas. On rebâtit son couple.

Clara aimerait bien le rebâtir, son couple, insuffler un peu de vie dans ses envies mortes, mais s'il suffisait de vouloir, le monde tournerait rond. La tante fronce les sourcils, elle déteste le défaitisme, et puis il suffit de réfléchir. Quand on est une fille intelligente, Clara-Eve, on se pose les bonnes questions. On se demande ce qui fait le ciment d'un couple. Ce qui permet d'avancer, année après année, en donnant un sens à son existence. Ce qui comble un homme et apaise les errements des femmes, en proie au seul instinct qui les guide depuis toujours.

Enfanter.

Elle le connaît, son Oliver, tante Emma. Elle sait combien il aimerait voir arriver un nouveau bébé, un nouveau rayon de soleil qui les ranimera pour toujours. L'époque est trompeuse, avec ses grands discours, son féminisme outrancier, ses mœurs décadentes, qui font croire aux naïves que l'herbe est plus verte ailleurs. Elle est verte, ici, Clara-Eve. Si verte qu'on en oublie que le reste du monde est un champ de mines.

Se rêver artiste, faut-il être une privilégiée.

Tante Emma regarde sa montre, il est temps de repartir, attraper un taxi dans les embouteillages, s'infliger le train de retour mais qu'importe, elle est heureuse d'avoir apporté un peu de lumière dans cette période de doute. Elle l'a fait pour eux, pour ce neveu qui est un peu son fils, pour ces garçons qu'elle adore et dont l'éducation est irréprochable, un vrai travail de lady. Une belle réussite. Il ne manque plus qu'un troisième. L'enfant du renouveau, l'enfant de la renaissance.

Réfléchis, Clara-Eve.

Réfléchis.

21

Champagne. Comme tous les ans. Et comme tous les ans, on s'extasie. Rien n'étant inépuisable, on est venu à bout des réserves millésimées qui prenaient la poussière à la cave, et vu qu'il est hors de question de trinquer à la mémoire de la grand-mère avec une bouteille sans histoire, le vieux a mis le prix. Bollinger 46. Du caviar aux cochons, puisque personne n'y connaît rien, même pas lui, à qui on pourrait faire boire de l'eau de vaisselle dans une bouteille de Moët & Chandon. Moi aussi, je les faisais, ces hochements de tête et ces bruits de bouche inspirés, avant qu'un camion ne me rappelle que le seul alcool qui vaille est celui qui noie les pensées.

Le vieux fait tinter son couteau sur son verre en cristal.

Mes enfants, mes chers enfants.

Son discours bourdonne en arrière-plan, sur fond de violons et de trémolos. Notre présence fait son bonheur. Si la grand-mère était encore là, elle ferait son bonheur aussi. Même si elle n'a pas connu la moitié d'entre nous. Elle nous aimait quand même. Par avance. C'est triste qu'elle ne soit plus là, mais c'est gai, aussi, parce qu'il y a un peu d'elle dans chaque personne assise à cette table.

Il oublie l'autostoppeuse.

Tout le monde l'observe, pourtant. Dans la petite robe noire que lui a prêtée Carrie, modeste et silencieuse, les cheveux domestiqués en un petit chignon respectable, elle pourrait presque passer pour ce qu'elle n'est pas. On l'a installée en bout de table, à la place des Fairlane dont on a fini par enlever les couverts. Elle a bu sa coupe d'un trait, oublié de déplier sa serviette et choisi la mauvaise cuillère pour goûter son amuse-bouche, mais ça n'a aucune importance. Cette mousse de je-ne-sais-quoi est immangeable, et elle n'est pas là pour trouver un mari.

J'ai reposé ma coupe de champagne sans y toucher, même si chacune de mes artères réclame sa dose d'alcool. Il me reste assez de volonté pour rester sobre à table, et puis ce serait dommage de me gâcher le spectacle. Si j'avais su qu'en amenant cette fille ici, j'aurais cette sensation fascinante de soulever une grosse pierre au-dessus d'un nid de vipères, je me serais arrêté pour toutes les autostoppeuses du monde.

N'empêche que mes mains tremblent un peu.

Le discours s'éternise, Ron chuchote à l'oreille de sa sœur, qui se met à glousser. Mais rien ne semble atteindre le patriarche. Ému, une main parkinsonienne crispée sur sa feuille A4, il cite Keats, un peu, et sa femme, beaucoup. Pour nous rappeler à quel point nous lui ressemblons, nous, les jeunes, les moins jeunes, et les autres. La famille, c'est un peu l'éternité.

— Oliver, tu ne t'assieds pas à côté de ta femme ? s'étonne la tante Emma.

— Ah non, ça ne va pas recommencer, grogne Melvin.

Mon père est affreusement pâle. Lui non plus ne quitte pas la fille des yeux, à croire qu'ils sont tous en train de basculer de l'autre côté du miroir.

— Qu'est-ce qui se passe ? intervient le vieux.

— Rien, papa, répond mon père.

— Vous en faites une tête !

— Mais non, pas du tout.

Colin bredouille un éloge timide de la mousseline de je-ne-sais-quoi, mais le patriarche insiste, il veut savoir si son discours a froissé quelqu'un, et si c'est le cas, il en est désolé, parce que c'est la fête, c'est Noël, et que tout le monde s'aime.

Carrie se penche sur moi.

— T'es content ?

— Pas encore.

— Tu joues avec le feu, Scott.

Samantha est entrée, grimaçant sous le poids d'un plateau trop lourd pour elle, où des huîtres à l'odeur suspecte dégorgent leur eau saumâtre sur un lit de glaçons. On les sert à la française, comme les aimait la grand-mère, avec un vinaigre d'échalotes aux relents de produit ménager. Je passe mon tour.

— Jed, sois gentil, donne le plat à ta mère ! s'écrie la tante Emma, qui couve toujours l'autostoppeuse d'un regard maternel.

James-Ed jette à la ronde un œil accablé, et comme personne ne lui vient en aide, il s'exécute, répandant l'eau des huîtres sur une composition de fleurs mortes. Les sourcils froncés, mon père observe son manège, puis les efforts de l'autostoppeuse pour choisir la bonne fourchette.

— Ça suffit, lâche-t-il d'un ton sec. Ça devient ridicule.

— Je suis bien d'accord, approuve Melvin.

Mais la tante Emma n'a pas l'intention de s'arrêter là.

— Tu as fait quelque chose à tes cheveux, Clara-Eve ? Il me semble qu'ils étaient différents l'année dernière.

La fille m'interroge du regard – forcément, c'est moi qui paie – mais ne rencontrant qu'un sourire amusé, elle finit par se tourner vers Carrie.

— Il ne faut pas faire attention, elle est un peu…

— Soyez gentille, coupe Melvin, dites-lui que vous n'êtes pas Clara-Eve, sinon elle va nous faire chier pendant tout le repas.

Le vieux se cabre aussitôt, retrouvant pour quelques instants le visage de cire de mon enfance. À la table des Mc Brennan, on peut prendre les gens pour des morts, pas se montrer vulgaire.

— Melvin ! rugit-il.

Ils s'affrontent un instant du regard, le Texan et le patriarche, puis le fils s'incline, car on ne défait pas un pli vieux de quarante ans. Il marmonne, s'excuse, feignant d'ignorer ses enfants qui ricanent.

Mon père a lancé un semblant de conversation, quelque chose à propos d'une usine en grève, et chacun participe aussi bruyamment que possible, pour museler cette vieille folle qui rayonne du bonheur d'avoir retrouvé ma mère. Entre deux bruits de succion sur les coquilles d'huîtres, Melvin y va de son couplet sur les syndicats, sa femme qui n'a jamais travaillé enchaîne sur la valeur du travail, et Ron – qui n'a pas oublié son fusil – en profite pour donner un avis que personne ne lui demande.

Mais le cœur n'y est pas.

Les visages sont tendus.

Comme des moucherons autour d'une lampe halogène, ils attendent l'inévitable.

— Mais vous ne voyez pas qu'elle est revenue ? s'écrie soudain la vieille. Ne la laissez pas toute seule comme ça ! Allez embrasser votre mère ! Elle est tellement heureuse de vous voir.

L'autostoppeuse lève les yeux, la conversation s'arrête, et quelque part au fond de la salle, Samantha laisse échapper un toussotement nerveux. Un courant d'air froid s'enroule entre nos jambes, je pourrais presque entendre la maison ricaner.

— Tellement heureuse.

Le silence, qui imprègne ces murs trois cent soixante-quatre jours par an, reprend possession de son territoire. Il ne reste plus rien tout à coup, que les choses qu'on n'a pas dites, les choses qu'on ne dira pas, et les couverts que l'on repose sans un bruit au coin de son assiette.

22

Quatre heures. Quatre heures du matin. Il fait doux, il fait noir, il fait une heure à se rendormir mais non, elle ne peut pas, et puis même si elle voulait, les cris stridents déchirent la nuit jusqu'au plus profond de son sommeil. Sa fille a faim. Encore. Et encore. La fatigue est si lourde que ses paupières se referment, lui murmurant dans le noir de gagner encore une minute, rien qu'une minute. Il faut lutter, chasser la torpeur. La nausée. Oublier que ça ne fait que deux heures qu'elle s'est glissée dans son lit, le dos douloureux, l'esprit vide. Se lever encore, chercher ses pantoufles du bout du pied dans le noir, ne pas allumer. Surtout pas. Tâtonner pour trouver sa robe de chambre, buter dans le coin de la commode. Étouffer un juron. Entendre grogner une voix embuée de sommeil, s'excuser à voix basse, chercher à l'aveugle la poignée de la porte. Oliver déteste qu'elle le réveille en pleine nuit. Ça brise son cycle, ça ruine son repos. Ça émousse pour la journée cette implacable efficacité que tout le monde lui envie, parce qu'il a une discipline de vie, où chaque heure compte.

Chacun son travail.

Celui de Clara, c'est de se lever six fois par nuit pour donner le sein à la petite dernière, cette minuscule chose aux joues rondes qu'elle aurait voulu appeler Chloé et qu'on a baptisé Ann-Carolyn, pour faire plaisir aux uns et aux autres, et aussi pour lui rappeler que Scott s'appelle Scott, comme personne, parce qu'elle l'a voulu, une concession à la tradition familiale qu'on ressassera sans doute jusqu'à la fin de ses jours.

Ses amis l'appelleront sûrement Ann, ou Annie, ou Carolyn, mais pour l'heure, tout ce qu'elle veut, cette petite cannibale, c'est du lait, encore du lait, toujours du lait. Et la voix douce de sa mère, qui la berce en marchant à pas feutrés dans le noir. Elle lui montre les lumières du dehors, les petites étincelles de pluie derrière les voilages. Et elle lui chuchote que tout va bien, que tout ira bien, que la lumière qui court au plafond n'est que le faisceau des phares, que ça fait des ombres inquiétantes mais que non, il ne faut pas avoir peur.

Dans ces heures interminables, Clara sent chaque partie de son corps qui pèse, ses cinquante kilos en deviennent cent, ses tétons font mal, ses yeux brûlent et la fatigue efface jusqu'à ses pensées. La seule chose qu'il en reste, ce sont des chiffres, des heures, le nombre de tétées, cet échafaudage fragile qui maintient son enfant en vie. Elle n'a jamais compris l'euphorie de ces mères qui se réjouissent d'être la seule ancre de ces petits bateaux à la dérive, qui ne demandent qu'à se perdre à la première seconde d'inattention. À chaque moment qui passe, elle se ronge les sangs à l'idée de faire un faux pas, le faux pas, de faillir à ce rôle qu'elle déteste parce qu'il est trop lourd.

Tout ça pour finir à quatre pattes, à imiter le cheval pour les faire rire.

Elle est douce, cette petite, et fragile, et touchante. Mais si c'était à refaire, Clara passerait la main. Trois fois, c'est une de trop.

Ça doit être la fatigue.

Ann-Carolyn s'est enfin endormie, et pour ne pas risquer de la réveiller en la déposant dans son couffin, Clara est restée dans le salon où elle trouvera peut-être le sommeil, elle aussi, immobile sur le canapé, les bras tétanisés, la nuque douloureuse. Elle ferme les yeux. Derrière ses paupières closes, il n'y a plus grand-chose, ni ciels ni couleurs, seulement des bribes de ses journées, de ses nuits, des langes, encore des langes, le petit livre qu'elle a lu aux garçons, le lapin perdu qu'il a fallu chercher sous les lits. Les instructions pour la bonne, le passage chez le cordonnier, la commande à la pharmacie.

Cet après-midi, ou plutôt hier, elle est allée au parc avec les autres, les femmes, les dames, comblées par leur vie de mère, avec qui on échange pendant des heures sur un banc, en faisant aller la poussette d'avant en arrière, pour bercer celle qui n'a pas encore l'âge de faire des pâtés de sable. On a parlé des Aristochats. *Du gros matou O'Malley qui est si drôle, mais dont Jed a un peu peur. Puis la conversation a tourné court, parce qu'un rouquin de deux ans avait mangé du sable. Le vent s'est levé, Scott a voulu qu'elle lui lise une histoire mais elle lui a dit non, parce qu'il faut garder un œil sur la petite. Et parce qu'elle est fatiguée. Très fatiguée.*

23

La tourte n'est pas brûlée. Ni dessus ni dessous. C'est la toute première fois, depuis que j'ai l'âge de m'asseoir à cette table, que la tourte n'est pas brûlée. Sans mon autostoppeuse, cet événement aurait été à marquer d'une pierre blanche dans la glorieuse histoire des Mc Brennan, mais le dernier Noël du millénaire n'est plus à une surprise près. La preuve, personne ne le remarque, pas même Carrie dont je cherche le regard pour me sentir moins seul dans mon indifférence.

De peur de déroger à la tradition, le vieux John s'est tout de même débrouillé pour qu'elle soit infecte, vomissant sa farce baignée de graisse à la première entaille. Du bout de ma fourchette, je tente de trouver un morceau moins repoussant que les autres, mais tout se mêle dans ce tas de pâte affaissée sur un lit d'oignons tièdes. Peu importe, je n'ai pas souvent faim, encore moins ici qu'ailleurs.

J'ai soif, en revanche.

Le plateau d'huîtres a laissé sur la nappe de longues traînées grises, où scintillent de minuscules éclats de coquille nacrée. Une bonne moitié de ces mollusques est retournée agoniser en cuisine, preuve que les fantômes ont au moins le pouvoir de nous couper l'appétit. La tourte est arrivée quelques minutes plus tard sous les applaudissements du vieux, et mon père a tenté de relancer la conversation. Mais elle s'est essoufflée en deux phrases, avec ce qui nous reste de politesse. On se tait. On s'observe. Et le silence, ce foutu silence, rampe sur la table jusqu'à nous étouffer tous.

Le tintement des couverts devient assourdissant.

— Vous n'êtes pas obligée de rester, dit soudain mon père.

Tous les regards se braquent sur lui, puis sur celle à qui il s'adresse, comme ça, de but en blanc, entre deux bouchées visqueuses.

— C'est mon invitée.

— Scott, ce n'est pas à toi que je parle.

— Tu devrais, parce que c'est mon invitée.

Maintenant c'est moi qu'on regarde.

— Ne sois pas ridicule! Tu ne connais même pas son nom.

— Et alors?

— Et alors cette comédie a assez duré, c'est tout.

Embarrassée, l'autostoppeuse recule sa chaise, n'attendant qu'un signe pour mettre fin à son calvaire, mais elle n'a pas encore amorti son salaire de la soirée.

— Elle repartira demain, avec moi, fais-je avec un sourire frondeur.

— Qu'est-ce que tu cherches, Scott?

— Rien. C'est mon amie, et personne ne lui demandera de quitter la table.

Il y a quelque chose de profondément jouissif à sentir leurs regards chargés de reproche, tous, même celui de ma sœur. Je ne veux pas de leur pitié, je n'en ai jamais voulu. S'ils pouvaient me haïr, ne serait-ce que ce soir, ce serait mon cadeau de Noël.

— Je croyais que c'était une amie de Carrie, s'étonne le patriarche, à qui personne ne répond.

Mon père repose sa serviette avec humeur.

— Très bien. On ne va pas se disputer pour ça. Mais je ne veux plus entendre une seule fois prononcer le nom de ma femme à cette table. C'est clair?

— Le nom de ma mère, tu veux dire?

Sa mâchoire se contracte, ses joues se creusent. L'heure est enfin venue de ruer dans ses chaînes, de libérer sa rage. De me hurler au visage son dégoût, sa tristesse, son horreur de ce que je suis devenu. Mais le vieux le tient encore en laisse, même s'il n'est plus vraiment là.

Il prend une longue inspiration, à la recherche de ce qui lui reste de calme.

— Tu en veux au monde entier, Scott, mais je reste ton père, et tu me dois le respect.

— Je ne comprends pas, dis-je en accentuant mon sourire pour le pousser à bout. En quoi est-ce que je te manque de respect ?

— En salissant la mémoire de ta mère, voilà comment !

Son cri a claqué comme un coup de fusil, imposant le silence, montrant que peut-être dans un an, deux ans, dix ans, il aura les épaules pour entrer à son tour dans le costume du vieux.

— Parlons d'autre chose, vous voulez bien ? lance la tante Jenna. Vous allez finir par gâcher la fête.

— Meilleure idée de la soirée, approuve Ron, dont la voix d'ado fausse encore par moments.

Mais les mots sont comme les odeurs de cuisine, ils restent longtemps suspendus.

— Je ne comprends toujours pas, dis-je avec mon air le plus innocent. En quoi le fait d'inviter quelqu'un à dîner salirait la mémoire de qui que ce soit?

— Arrête, Scott, supplie Carrie. Ça va mal finir.

— Ta mère doit se retourner dans sa tombe, crache mon père avec une agressivité qui ne lui ressemble pas.

C'est le moment que choisit tante Emma pour éclater d'un rire d'enfant, et expliquer à cette pauvre Clara-Eve que tout le monde plaisante, qu'il ne faut pas nous écouter, qu'on est tous ravis de sa présence.

— Ça va, intervient Melvin. Pas la peine de faire un drame.

— Je voudrais bien t'y voir! répond mon père.

— Ah oui? Je peux te dire qu'à ta place, je serais passé à autre chose depuis longtemps.

— Ça n'arrivera pas. Et tu le sais.

Le rire de Melvin, crispant, sarcastique, le frappe au visage, lui faisant presque oublier qu'un Mc Brennan n'ouvre jamais sa garde.

— Tu trouves ça drôle?

— Un peu. Ça fait vingt-cinq ans que tu brûles des cierges à sainte Clara, mon pauvre vieux. Il est peut-être temps que tu te souviennes qu'elle n'était pas si sainte que ça.

Mon père s'est levé, outré, livide. À cet instant, malgré ses épaules étroites et son costume taillé à Savile Row, il ressemblerait presque à un pilier de pub dont on aurait insulté la mère.

— Répète ce que tu viens de dire, fait-il d'une voix blanche.

Melvin le toise sans perdre son sourire, avec l'assurance de ceux qui, dans leur jeunesse, ont fait le coup de poing dans les bars de Soho.

— Tu veux vraiment qu'on en parle ? Désolé pour tes enfants s'ils ne sont pas au courant, mais ils sont assez grands pour l'apprendre : elle te trompait à tours de bras, ta femme. Elle s'envoyait en l'air, pendant que tu travaillais pour lui offrir une vie de rêve. Ta femme idéale, ta femme parfaite, dont tu nous rabâches les oreilles depuis vingt-cinq ans. Sainte Clara, priez pour nous… Tu méritais mieux que ça, Oliver. La famille méritait mieux que ça. Et si tu veux savoir, je ne suis pas le seul à le penser.

Comme s'il avait reçu un coup de matraque, mon père vacille, les yeux dans le vide, la respiration hachée. James-Ed bredouille quelque chose, papa, maman, ces mots enfantins dont il n'a jamais voulu se débarrasser. Carrie fixe son assiette. Les regards se sont faits fuyants, chacun tente d'oublier ce qu'il vient d'entendre, et le silence, encore lui, lance une nouvelle offensive pour reprendre son territoire. Quelque part à l'extérieur, un volet claque sous le vent. La pluie s'est remise à tomber pour rappeler que le monde tourne toujours, elle frappe au carreau en sachant que personne ne lui ouvrira.

24

Oliver ne viendra pas. Un groom en uniforme vert et doré est venu déposer un message sur la table, quelques mots d'excuse griffonnés sur un carton. Une urgence, une réunion qui se prolonge. Et qu'elle ne l'attende pas, parce qu'il risque de rentrer tard.

Clara pose son menton sur ses doigts croisés, avec le soupir de celle qui s'est battue pour un rendez-vous chez le coiffeur. Seule à cette table de six couverts, sous les lustres et les dorures de ce palace feutré, elle se sent presque soulagée. Elle n'a jamais aimé ces dîners d'affaires, interminables, où son mari l'exhibe comme un trophée. Dans ces moments, et ces moments seuls, il a envie qu'elle brille, qu'elle attire les regards. Qu'elle soit fine, drôle, rapide, impertinente. Il aime voir sur elle le regard des hommes, comme il aime qu'on se retourne sur sa Jaguar. Ce soir, pour tenir son rôle, elle a troqué ses jeans et ses pulls à col roulé contre une robe Paco Rabane sur laquelle brille un fin collier de diamants. De quoi faire ressortir la pâleur de sa peau, la noirceur de ses cheveux ondulés qui ont passé une heure sous le casque, et l'éclat minéral de ses yeux qui, étrangement, ne s'est jamais éteint.

Son uniforme d'épouse parfaite.

Personne ne l'imaginerait en pantoufles, avec Ann-Carolyn dans les bras, ses deux garçons accrochés à ses jambes, tentant de répondre au téléphone dans le vacarme des disques d'enfants.

Oliver ne viendra pas, et c'est une bonne nouvelle. Les couverts resteront alignés au millimètre, et les verres, et les serviettes pliées en forme de cygne. Clara a refermé le menu qu'elle a eu le temps de relire quinze fois, tant pis pour le homard, de toute manière elle n'a plus beaucoup d'appétit. On donnera cette table à d'autres hommes d'affaires, qui passeront leur soirée à parler boutique devant leurs femmes-vitrines. Ces soirées sont si longues.

Elle s'est levée, sous les coups d'œil qui la déshabillent. Des touristes fortunés, des hommes d'affaires. Des amateurs de fruits de mer, de piano sans âme, de cette odeur si particulière de nappes amidonnées, de cuir et de cigare. Elle a repris son sac. Et elle traverse la salle, avec l'impression étrange de ne pas toucher le sol. Comme si elle était une autre. Comme si elle s'observait depuis une table anonyme, se laissant presque berner par la sérénité apparente de celles qui ont toujours accroché les regards.

Elle savoure cet instant de solitude, ce moment suspendu où elle pourrait être ailleurs.

Au moment de sortir de la salle, elle s'est arrêtée net. Non, elle n'a pas envie de rentrer, pas maintenant, pas tout de suite. Renvoyer la baby-sitter, retirer ses escarpins, ramasser les jouets qui traînent. Se brosser les dents. Se coucher à 22 heures. Quelque chose d'indéfinissable lui serre la gorge, une espèce de tristesse, d'épuisement, de pesanteur, ce rocher qu'elle pousse, jour après jour, au sommet d'une foutue montagne.

Si elle n'était pas mère, elle aurait envie que ça s'arrête.

Une fois pour toutes.

Mais elle n'arrive pas à dire le mot.

Alors elle se dirige vers le bar, ce long bar aux néons blancs, brillant comme un miroir, avec ses bouteilles alignées dans des niches comme des pièces de musée. Elle n'a jamais été portée sur l'alcool, pas plus qu'Oliver, qui ne boit que du thé pour rester maître de lui-même. Pourtant ce soir elle a des envies qui lui font peur, alors elle va boire, quelque chose d'assez fort pour les endormir.

Elle s'est perchée sur un tabouret trop haut pour elle, et commande un whisky, c'est ça que les gens boivent, avec ou sans glaçons, peu importe, et des olives, pourquoi pas des olives, faute de homard. Le barman la sert avec un demi-sourire, amusé, curieux, presque ironique, la prenant sans doute pour une professionnelle. Oliver l'a suffisamment répété pour amuser ses amis : une fille seule assise au bar d'un hôtel, on sait ce que ça veut dire. Elle soutient son regard, peu importe qu'il la juge tant qu'il lui donne des glaçons, parce que c'est fort, ça brûle les lèvres. Une fois encore, ça le fait sourire. C'est à la fois crispant et intrigant, sa façon presque désinvolte d'occuper l'espace. Il est habillé comme les autres, pantalon noir, cravate noire, chemise blanche, mais ses manches sont retroussées, dans un endroit où personne ne retrousse ses manches. Et il parle, pour ne rien dire, comme le barman qu'il est. Avec le flegme du personnel des grands hôtels, mais aussi quelque chose d'autre, qu'elle peine à déchiffrer. Il a de belles mains, des avant-bras secs et musclés, une montre démodée au verre fendu, dont la trotteuse reste immobile. Du bout de l'index, il pousse vers elle une coupelle. Pour les noyaux d'olive. Sans courber l'échine, sans l'appeler madame, avec une désinvolture qui pourrait bien lui valoir la porte. Et non, il ne la prend pas pour une professionnelle puisqu'il l'a remarquée, seule à sa table de six, et qu'il est désolé pour elle de toutes ces bonnes choses qu'elle ne mangera pas. Elle lève les yeux sur lui, cherchant une façon polie de lui dire de la laisser à son whisky, mais elle n'est pas si sûre de vouloir être seule. Plutôt bel homme, la peau mate, les cheveux bruns, bouclés, les yeux vert sombre. Vingt ans de plus qu'elle, peut-être davantage, à en juger par son sourire qui dessine de profonds sillons au coin de ses lèvres. Tout en lui appelle l'alcool, le tabac, la vie qu'on brûle sans y penser. Comme si lui non plus n'appartenait pas à ce décor, et s'y était glissé comme un voleur.

D'une certaine manière, il lui ressemble.

Il se présente, lui tend la main. Thomas. Thomas Jackman. Le meilleur barman de Londres. Qui se fait fort de lui faire passer un moment inoubliable, pour peu qu'elle quitte cet air d'enterrement qui risque de faire fuir les clients. La preuve, le couple là-bas vient de plier bagage. Ce serait aimable de penser au personnel. Clara sourit malgré elle, et porte ostensiblement sa main gauche à son verre, pour faire briller son alliance à la lueur des néons. Mais il s'en moque. Son regard s'attarde un instant sur la bague, son sourire s'accentue, puis il attrape une bouteille qu'il vient poser devant elle, sans la quitter des yeux. Voilà. Il ne voit plus sa main, il ne voit plus son alliance.

Et comme elle n'a pas envie de lui dire pourquoi elle est seule, pourquoi elle est triste, il lui propose de lui raconter l'histoire de sa montre – bien sûr qu'elle a remarqué sa montre –, parce que c'est sa meilleure histoire, et que ça ne coûte rien. Une fois de plus, Clara sourit. Ça fait longtemps que personne n'a osé la courtiser, ouvertement, les yeux dans les yeux. C'est bon de revenir dans le monde, juste pour une heure, s'imaginer qu'elle est libre, que la nuit est à elle. Laisser monter des envies qu'une mère ne peut pas avoir. Son reflet dans les miroirs paraît lui sourire, le whisky lui monte déjà à la tête et elle acquiesce, pourquoi pas l'histoire de la montre. Ou une autre, quelle importance. Alors il fait briller le cadran à la lumière. Puis il raconte, avec une certaine aisance, une histoire rocambolesque de combat aérien, de survie miraculeuse, d'avion de chasse en flammes qui s'écrase sur une falaise. Juillet 1940. La bataille d'Angleterre. Deux Allemands abattus, son Spitfire dont le moteur flambe, une manœuvre improbable, un saut en parachute. Et pour seule blessure, cette montre cassée dont il ne s'est jamais séparé, son ange gardien, son porte-bonheur. Sa voix un peu rauque, teintée d'ironie et de cigarette, a quelque chose d'enveloppant.

Clara repose son verre en riant, c'est une belle histoire, et elle ne doute pas que beaucoup de filles s'y soient laissé prendre. Ça le fait rire, lui aussi, le barman de grand hôtel, qui n'est pas sûr d'être encore là demain, parce qu'il ne sert plus personne depuis bientôt une heure. Ce ne serait pas la première fois. Il a été pompiste, veilleur de nuit, vendeur de dictionnaires, sans jamais réussir à garder un job. Tout ça pour raconter ses exploits imaginaires à une femme qui a besoin d'air. Il a sans doute une histoire pour chaque fille, une montre cassée pour chaque rencontre. Hier, peut-être, elle a été brisée dans une tentative pour atteindre le sommet de l'Everest. Clara s'en moque, elle sent la vie fourmiller doucement dans ses veines et même si l'heure tourne, elle n'a pas envie de passer au vestiaire, demander un taxi, rouler sous la pluie en pensant à ce qui aurait pu être.

Elle a trente ans, elle n'est pas morte.

Ils voudraient bien, tous, mais elle est encore en vie.

Sa main s'est posée, presque toute seule, sur le bras de cet étranger dont la peau semble frémir au contact de ses doigts. Il n'a pas l'habitude, pas ici, dans ce décor de théâtre étranglé par les convenances. Mais il ne voit plus qu'elle. Au point d'ignorer les regards noirs du chef de salle, et les avertissements à voix basse de sa collègue. Leurs doigts se mêlent, leurs corps se rapprochent, de part et d'autre de ce bar dont les néons finissent par être aveuglants, à moins que ce ne soit l'alcool. Ce qui se passera demain n'a pas d'importance. Il se penche sur elle, respire son parfum, lui glisse à l'oreille qu'il a envie d'elle autant qu'elle a envie de lui, et qu'après tout, ils sont déjà dans un hôtel.

Clara laisse sa joue effleurer la sienne.

Ils sont sortis de la salle à quelques secondes d'intervalle, ne trompant que ce qui reste de leurs scrupules, et pour la première fois, leurs corps se rencontrent. Dans cet ascenseur qui grince, entouré de miroirs qui les multiplient par mille, elle l'embrasse sans réfléchir, laissant monter en elle un désir irrépressible qu'elle croyait ne plus jamais ressentir. Elle sent les mains du barman sous sa robe, et le contact glacé de la montre qui les a amenés là. Mais déjà les portes s'ouvrent, il l'entraîne dans un long couloir, moquette épaisse, tableaux hideux, jusqu'à une espèce de placard où il s'empare d'un trousseau, les clés du ménage, sans vraiment savoir quelles portes elles ouvrent. Une chambre, deux chambres, une troisième où une voix proteste, et Clara le tire par la manche en riant. Escalier de service, elle agrippe sa chemise, fait sauter un bouton, s'enivre de son odeur. Porte d'incendie, nouveau couloir, et cette fois une clé fonctionne. C'est une suite. Rien de moins.

Une enfilade de pièces, petit salon, chambre immense, salle de bains en marbre. Décorée dans le plus parfait mauvais goût, bleu nuit, jaune citron, passementeries dorées. Avec un lit grand comme une piste d'atterrissage, une baie vitrée sur les lumières de la ville, et un bar qui regorge de petites bouteilles.

Si madame veut bien se donner la peine.

Clara ne sait plus si elle doit rire ou céder à la panique, tout ça peut les mener en cellule, surtout lui, l'employé, dont les manches retroussées étaient déjà une entorse au règlement. Mais il la saisit par la taille, l'embrasse dans le cou, alors elle envoie tout ça au diable, l'hôtel, la police, la baby-sitter et le reste, pour chercher entre les vêtements froissés les contours de ce corps dont elle a déjà imaginé chaque creux, chaque muscle, parce qu'elle est encore peintre, au fond, sous les strates d'amertume. Elle n'a jamais ressenti une émotion pareille, jamais, peut-être parce que son cœur bat trop fort, qu'on pourrait les surprendre à chaque instant, ou simplement parce qu'il a vécu, ce corps, qu'il existe, qu'il respire. La robe Paco Rabane a craqué aux jointures, et ce n'est que maintenant qu'elle se rappelle que ses sous-vêtements sont moches, dépareillés, incolores. Personne n'était censé les voir, et rien n'est plus inconfortable que la lingerie fine. Elle voudrait dire quelque chose, n'importe quoi, un trait d'humour, mais la culotte de coton est déjà descendue à ses chevilles, et le barman a plongé la tête entre ses cuisses. Clara prend une longue inspiration, l'attrape par les cheveux, et le guide par petits à-coups, comme elle le ferait du bout de ses doigts.

C'est une sensation étrange.

Comme quelque chose qui s'éveille.

Elle se laisse porter à présent, pour la première fois, sans coups de boutoir, sans personne pour lui postillonner son prénom au visage, dans un mélange insensé de fièvre et de douceur. Londres scintille au-dehors, avec la pluie, avec le vent, toutes ces vies mornes qui s'écoulent. Elle se sent ailleurs, vraiment ailleurs, auprès de cet homme dont elle voudrait avoir oublié le nom, juste un moment volé, un secret qui mourra avec elle. Mais elle se souvient de tout, chaque mot, chaque geste, jusqu'à l'effleurement de leurs doigts sur le verre de cristal. Il s'appelle Thomas. Thomas Jackman. Et pour quelques heures encore, il est barman dans cet hôtel.

25

Les assiettes sont reparties en cuisine, et la grande aiguille de l'horloge lutte pour avancer d'un millimètre. On a épousseté la nappe, rajusté les bouquets et rempli les verres vides pour oublier que ce soir, le monde tourne à l'envers.

James-Ed joue nerveusement avec une petite cuillère, cherchant au fond de son enveloppe vide le courage qui lui a toujours manqué. Dans les débris de la statue maternelle qui vient de s'écrouler sur lui, il se débat avec toutes ces années d'adoration silencieuse, la perfection faite mère que la vie lui a si cruellement retirée. Ça me fait sourire, moi, d'apprendre qu'elle était une femme comme les autres.

Enfin, il pose sa cuillère pour affronter ses aînés.

Ça aussi, c'est une grande première.

— J'ai le droit de savoir. On a tous le droit de savoir.

— De savoir quoi ? s'agace mon père. Cette histoire est une rumeur, un bruit de couloir qui nous a empoisonné la vie ! Tu connaissais ta mère aussi bien que moi, tu peux croire qu'une femme comme elle aurait été capable de mentir ?

— Il avait huit ans, ironise Melvin en tendant la main vers la carafe.

— Non, je n'arrive pas à le croire, fait James-Ed, qui pour une fois ne se laisse pas impressionner. Mais je ne vois pas non plus pourquoi oncle Melvin inventerait une chose pareille.

— Par jalousie, lâche mon père. Ce n'est pas plus compliqué que ça.

Cette fois Melvin éclate de rire, les mains sur le ventre, la tête en arrière, une belle image de Texan.

— Celle-là, c'est la meilleure ! Jaloux de quoi ? De toi, peut-être ?

— De moi, de nous, de mon mariage, de ma carrière, du bonheur qu'on avait bâti, Clara et moi, pierre par pierre, main dans la main, et que toi tu n'as jamais eu. Pendant que je fondais une famille, monsieur jouait les play-boys dans sa petite MG payée par papa !

— Oui, j'ai pris mon temps, grince Melvin. Moi je n'ai pas sauté sur la première qui passe.

Mon père lui répond d'un haussement de sourcils dédaigneux, assez marqué pour lui rappeler ce que tout le monde pense de la tante Jenna.

— Je ne sais pas ce qui me retient de te mettre mon poing dans la gueule, gronde Melvin.

— La décence, peut-être ? Même si ce n'est pas ta spécialité.

— Ça suffit, vous deux ! Je ne le dirai qu'une fois ! intervient le vieux en les menaçant du doigt comme s'ils avaient quatorze ans.

Je croise les bras, basculant en arrière sur ma chaise. Avec un petit verre et un bol de chips, le spectacle serait simplement parfait. Quelques secondes durant, on pourrait presque croire que la crise est passée, mais l'engrenage grince jusqu'au fond de nos âmes, trop lourd et trop rouillé pour s'arrêter comme ça.

— De toute manière, tu ne l'as jamais aimée, jette mon père à Melvin.

C'est alors que Colin, dont on n'a pas entendu la voix depuis qu'il a demandé qu'on lui passe les huîtres, se décide à sortir de sa coquille, comme ça, sans hésiter, sans bégayer, les yeux brillants de colère.

— Et toi ? dit-il à mon père. Tu crois que tu l'as aimée ?

1999, quelle belle cuvée.

— Je te demande pardon ?

— Tu l'as rendue malheureuse, Oliver. Tu ne t'en rends pas compte, ou alors tu as préféré oublier.

J'ai renoncé à compter les grandes premières, mais dans les yeux de la famille se lit la stupeur de voir s'animer le mollusque.

— Qu'est-ce que tu en sais, toi ?

— J'étais proche d'elle. Beaucoup plus proche que tu ne le crois. Et tu ne t'en es même pas aperçu, parce que tu ne faisais pas attention à elle.

— Ne nous dis pas que tu as couché avec elle, ricane Melvin, jusqu'à ce que sa femme lui donne un coup de coude dans les côtes.

Une nouvelle fois, l'autostoppeuse me regarde, et une nouvelle fois, je lui fais signe que tout va bien.

Comme si Melvin n'existait plus, mon père le laisse échanger des messes basses orageuses avec sa petite famille, pour se braquer sur son nouvel adversaire. Il y a quelque chose de médiéval dans cette mêlée ridicule, cette lutte pour l'honneur où le dernier debout l'emportera.

— Tu n'as jamais su t'y prendre avec elle, poursuit Colin, qui n'a plus peur de rien. Clara n'était pas le genre de femme qu'on achète avec des bijoux et des paires de chaussures.

Mon père lui pouffe au visage.

— Parce que tu t'y connais en femmes, toi ?

— Plus que toi.

— Je n'ai même pas envie de te répondre, mon pauvre Colin.

La nature reprend ses droits, les épaules s'affaissent, mais cette fois, l'oncle ne se couchera pas sans avoir porté un coup.

— C'est ta faute si elle est allée voir ailleurs, Oliver. Tu l'as écrasée. Tu l'as étouffée. C'était un papillon, Clara. On n'enferme pas un papillon.

La réponse rageuse de mon père se noie dans les exclamations, tandis que Melvin, qui vient de triompher par champion interposé, se contente de croiser les mains derrière la nuque en s'étirant d'aise.

Étrangement, c'est moi que le patriarche regarde. Peut-être parce que je suis le seul, avec ma jambe morte et mon foie prêt pour la dissection, à garder bien malgré moi un semblant de dignité ce soir.

26

Il est venu la chercher dans une vieille Vauxhall jaune, qui sent la pipe froide et le chien mouillé. Ce n'est pas la sienne, mais celle d'un ami d'ami qui la met à disposition de quiconque la lui rendra avec un plein d'essence. C'est la force de tous ces gens qui sont allés au bout du monde chanter Hare Krishna avec une guitare sur le dos, ils ne tiennent plus à rien, et ça les libère.

C'est surtout intéressant pour les barmen qui n'ont pas de voiture.

Ex-barmen.

Le temps de deux feux rouges, Clara n'a rien dit, ou presque. Elle s'est tenue aussi loin que possible, les mains sur les genoux, le regard fuyant. Elle ne voulait pas venir. Les choses étaient pourtant claires, une nuit et une seule, le miracle d'être rentrée avant Oliver, d'avoir eu le temps d'enfouir ses vêtements au fond du panier de linge sale, de se doucher, se démaquiller, et se glisser au lit comme une voleuse. Ce genre de chose n'arrive pas deux fois. Et puis même, elle est mariée, elle a trois enfants, et des principes. Elle n'est pas de celles qui mentent. Et pourtant. Après avoir dit non, elle s'est sentie mal, si mal qu'elle s'est crue malade, alors elle a rappelé, sans réfléchir, le numéro griffonné sur cette carte de visite qu'elle s'était promis de brûler. Alec Quinlan, Concierge. Cette carte, elle l'a contemplée cent fois, un briquet à la main, avant de la cacher au fond d'un tiroir, entre deux pulls. Et le plus inavouable, c'est que la seule vue de ce petit morceau de carton, où le numéro de Thomas est inscrit sous le nom d'un autre, fait monter la chaleur dans son ventre comme s'il se tenait nu devant elle.

Elle a rappelé. Elle a dit oui. Oui pour un dimanche surprise, une petite virée hors de Londres, avec la promesse de revenir avant le soir. Et maintenant elle roule, vers une destination inconnue, avec un panier de pique-nique sur le siège arrière. Oliver aussi est quelque part à la campagne, avec les enfants, pour le week-end, parce que le bon air leur fera du bien. Elle ne les aurait pas accompagnés, pour rien au monde, même en refusant la proposition de l'ex-barman, parce qu'elle déteste la chasse, et qu'il y aura Melvin. Faut-il être un Mc Brennan pour estimer que les petits doivent s'habituer au plus tôt à la détonation des fusils.

Thomas s'est arrêté au bord de la route, avec ce petit sourire qui rappelle à Clara les plus belles heures de leur nuit d'hôtel. Quinze jours déjà, dont chaque minute a coulé comme du plomb. Il est encore temps de faire demi-tour. À la voir comme ça, recroquevillée sur son siège comme une otage qu'on enlève, il a l'impression d'être un membre des Brigades rouges. Il est conscient d'avoir le rôle facile, n'ayant d'autre attache qu'un vieux chat tigré qui n'est pas jaloux. Clara hésite, longtemps, et lorsqu'il fait marche arrière pour amorcer son demi-tour, elle lui saute au cou et le serre si fort que le sang lui monte à la tête. Elle ne peut pas, elle ne peut simplement pas rentrer chez elle. À l'idée de tourner en rond dans son salon vide, son estomac se noue et sa gorge se serre.

Pour l'heure, elle ne peut pas réfléchir.

Les petites routes succèdent aux grandes artères, le décor verdit à vue d'œil. Au-dessus d'un bosquet se découpent des collines, qu'un ciel soudain bleu a décidé de baigner de lumière. Clara est un peu surprise de ce pique-nique dominical qui a quelque chose de terriblement convenu, mais une vague d'euphorie, puissante, irraisonnée, l'empêche d'ironiser comme elle aurait voulu le faire. Elle se sent bien. Simplement. Alors elle pose une main sur la cuisse de Thomas, qui l'embrasse derrière l'oreille au risque de percuter un tracteur. Si ça ne tenait qu'à elle, ce trajet durerait jusqu'à la fin des temps.

Station-service. Café. Petit vent dans les arbres. Elle a eu envie de conduire, et Thomas lui a tendu les clés.

La Vauxhall jaune tressaute sur les cahots, le volant vibre sous ses doigts, les vitres latérales cliquettent si fort qu'on pourrait croire qu'elles vont tomber dans les portières. On est loin du confort impérial de la Jaguar, ce salon roulant dont Oliver ne lui a jamais confié les clés, parce qu'une femme ne peut conduire qu'une petite Fiat.

S'il savait.

À la sortie d'un village, Thomas lui désigne une route à droite, en direction d'un petit aérodrome que l'on aperçoit au loin. Sur le moment, Clara n'y prête guère attention, mais plus on s'approche, plus elle a l'impression d'arriver à destination.

Ce pique-nique est peut-être moins convenu qu'il n'y paraît.

Ils sont descendus sur le tarmac, devant les hangars où l'on aperçoit de vieux avions à hélice, camouflés, marqués des cocardes bleues et blanches de la Royal Air Force. Un panneau bariolé, où est illustré un combat aérien, indique les horaires d'un spectacle hebdomadaire, accessible sur réservation. La bataille d'Angleterre, places assises, places debout, tribune VIP. Thomas allume une cigarette en lui jetant un regard complice. Sa montre au verre cassé étincelle au soleil, et Clara se demande s'il n'y a pas du vrai dans son histoire. D'autant qu'un moustachu au crâne dégarni, vêtu d'une combinaison de vol, s'approche en ouvrant les bras et en l'appelant capitaine.

Clara reste sans voix.

Elle n'a pas saisi son nom, mais il est instructeur, et surtout, il a été l'ailier de Thomas il y a trente ans, quand ils étaient gamins et assez fous pour risquer leur peau au-dessus de la Manche. Il leur a préparé un biplace, le seul disponible, une espèce de biplan bleu et jaune qui paraît sorti tout droit de la guerre de 14.

Clara s'est hissée dans le trou qui sert de place arrière, ouvert aux quatre vents et protégé par un minuscule pare-brise. Thomas se contorsionne hors du sien pour la sangler sur son siège, serrer la mentonnière de son casque en cuir et ajuster tant bien que mal des lunettes de mouche qui datent d'une autre époque.

Le biplan s'est élancé dans un fracas d'enfer, rebondissant sur la piste comme s'il refusait de quitter le sol. Le souffle de l'hélice tourbillonne, le vent siffle sur les ailes, le moteur tire dans les aigus et Clara serre les dents, parce qu'elle n'a pris l'avion que deux fois dans sa vie, un bon gros Boeing où des hôtesses en petit chapeau bleu servaient du thé sur un plateau. Thomas se retourne, lui adresse un clin d'œil avant de s'enfoncer dans son trou, tandis qu'elle cherche désespérément quelque chose à quoi se cramponner. Depuis son siège, on peut toucher la structure de la carlingue, de longues barres de métal qui paraissent à la fois trop légères et trop lourdes. Il y a des cadrans, aussi, avec des aiguilles cabalistiques, un globe gradué qui tourne dans une bulle, et un manche à balai entre ses jambes, qui vibre tout seul. L'avion s'arrache du sol, grimpe à la verticale, la pousse dans le dos en luttant pour ne pas se disloquer. Elle ferme les yeux, et puis non, elle les rouvre, en se rappelant que dimanche dernier, elle emmenait les enfants au manège. C'est son tour aujourd'hui, c'est son manège, sa grande roue, son grand huit. Le biplan est revenu à l'horizontale, il oscille, se stabilise et soudain le fracas cesse. C'est presque un silence, puis un ronronnement, entrecoupé de petits hoquets, et le bruit du vent qui glisse sur le haut de son casque.

Thomas se hisse sur son siège, se retourne vers elle, et lui crie quelque chose qui se perd dans le vent. Ses yeux brillent. Il est chez lui, ici, dans les nuages. Et comme elle, il revit.

Le paysage se déroule, des champs, encore des champs, des bois, des villages, le tracé blanc des routes. Il s'étire jusqu'au vertige, vers un horizon un peu flou où le regard se perd. L'avion bascule, l'aile gauche vers le sol, Clara s'accroche mais il vole toujours, dans cette position insensée, et le doigt de Thomas pointe quelque chose en bas, ce petit château peut-être, ou l'étang d'où s'envole un nuage de mouettes.

Alors elle se cale sur son dossier, rejette la tête en arrière et prend une longue inspiration. Le ciel est bleu, un bleu de vertige.

Il s'est retourné une fois de plus, appuyé sur la carlingue comme on s'accoude à la fenêtre d'une voiture. Sa voix lui parvient dans une bourrasque et cette fois elle comprend. Elle dit non, bien sûr que non, mais il est déjà retourné dans son trou, et une lumière verte vient de s'allumer au tableau de bord.

À toi.

L'avion n'a pas bougé quand elle saisit le manche, fébrilement, pour ne pas qu'il tombe. Elle s'y cramponne, elle cherche à se souvenir de ce qu'il lui a dit avant le décollage, les machins, les pédales, le palonnier, qui bougent tout seuls sous ses pieds. Et l'altimètre, et la vitesse, et le témoin de ci, et le témoin de ça, elle n'a rien retenu ou presque, que l'angoisse de s'envoler dans ce vieux biplan d'un autre âge, aux mains d'un barman devenu héros de guerre, si vite qu'elle n'y croit pas encore. Elle revoit les images de ses livres d'histoire, la poignée de jeunes pilotes qui ont sauvé ce pays, leurs sourires en noir et blanc, leurs petites mèches au vent.

Thomas est toujours tourné vers elle, il explique, c'est ici qu'il explique, qu'il faut tenir le manche du bout des doigts, comme ça, que ce fer à repasser vole tout seul. Elle comprend un mot sur deux, elle se cramponne quand même, et maintenant qu'il a donné ses pauvres instructions, il redescend dans son trou pour la laisser faire.

C'est ça qu'il criait tout à l'heure.

Tu voulais conduire.

Oui, elle voulait conduire, une Vauxhall jaune, avec l'impression de vivre une aventure.

Elle a retiré les pieds de ces pédales qui tressautent, sa poigne commence à se desserrer sur le manche. Les vibrations lui remontent jusque dans les épaules, comme si le moteur respirait avec elle, et quand elle incline doucement la main, les ailes suivent le mouvement. Drôle de sensation, à la fois terrifiante et grisante, glisser dans le ciel dans un tube de métal. La voix de Thomas grésille soudain dans son casque, on ne comprend toujours pas un mot de ce qu'il raconte, mais qu'importe, l'avion vole avec elle, il suit ses gestes, il s'enroule, il grimpe, il redescend, un peu vite, un peu trop vite, avec le cœur qui s'emballe, et ce cri qui jaillit de ses poumons, un cri d'ivresse, de joie, de rage, un cri de guerre. Une femme ne crie pas. Jamais. C'est petit, c'est vulgaire. Une femme mesure ses mots, ses gestes, ses pensées, ces putains de genoux qu'on serre sous sa jupe. Une femme ne boit pas, ne jure pas, ne fume pas en public, ne contredit pas son mari, pas devant les gens, ni quand il a envie qu'elle les ouvre, ses genoux, malgré la fatigue, la lassitude, la sécheresse entre ses jambes, les postillons sur son visage.

Elle est là, la manette des gaz, juste là, sous sa main droite, alors elle enclenche, elle bascule, à fond, droit devant elle, pour sentir la poussée dans son dos.

Elle vole.

Putain, elle vole.

Une lumière rouge s'est allumée au tableau de bord et soudain, le manche redevient inerte. Le sol se rapproche, les ailes tressautent. Clara jette un œil sur le côté, s'étonne de voir les arbres si proches, et pourtant elle n'a pas peur, elle n'a plus peur, elle vole. Le Flight Captain Thomas

Jackman, décoré de la je-ne-sais-plus-quoi cross, grimpe le long d'un couloir de vent en riant si fort qu'elle l'entend d'ici, parce qu'ils ont frôlé les cimes, et qu'elle a adoré ça.

La piste s'aligne sous les roues, les ailes rebondissent sur le vide, l'avion touche le sol, une fois, deux fois, et Clara crie encore, en levant les deux bras, le V de la victoire.

Putain de pique-nique.

27

Ma mère a ruiné le dessert. Le baba en forme de cygne. Avec son cou en S, ses ailes en crème fouettée et toute l'âme du vieux John, qui a dû s'arracher les cheveux pour le faire tenir droit. C'est son chef-d'œuvre, son chant du cygne, le dernier du millénaire, peut-être le dernier tout court. Personne n'y a touché. Il commence déjà à s'affaisser dans son plat en argent, sur un lit de crème fondue qui sent le rhum de cuisine. Ma mère a ruiné le dessert comme elle a ruiné leurs vies, et la mienne, un peu, même si jusqu'à ce foutu camion, je m'en sortais plutôt bien.

Elle les a tous emportés.

Ça crie, ça piaille, ça gesticule, je n'en crois pas mes yeux. Des hyènes sur une charogne. Sa mémoire, son amour, son estime, on se les dispute, on se les arrache, et chacun tire si fort qu'il n'en reste rien, des lambeaux informes qu'on agite au nez des autres. Je n'ai rien gardé d'elle, moi. Ou pas grand-chose. De son portrait aux yeux vagues, à la peau trop pâle, je n'ai retenu qu'une espèce d'absence.

Le vieux a renoncé, il hoche la tête en silence. Deux ou trois fois, de sa voix qui n'a plus la force, il a tenté de reprendre la barre, d'imposer un peu de retenue dans cette basse-cour chaotique. On l'a ignoré. Étrangement, je n'en ai pas retiré beaucoup de plaisir. Peut-être parce qu'au fond, je lui ressemble encore.

De l'abcès sur lequel ils sautent à pieds joints coule un torrent de rancœurs, leurs petitesses, leurs jalousies, les mots qu'on n'a jamais osé dire. Ils ont tout retenu, jusqu'à l'insignifiance.

— Ne les écoute pas, Clara-Eve, martèle la tante Emma.

Les gamins à leur tour sont descendus dans l'arène, je n'ai pas bien compris pourquoi, peut-être pour défendre l'honneur bafoué de la Texane. Comme on n'est rien à cette table avant d'avoir gagné de l'argent – et encore –, elle les a fait taire en deux phrases bien senties, et Lula a quitté la table en criant qu'elle nous déteste tous.

Elle commence à comprendre que c'est réciproque.

Et puis cette famille ne s'est jamais intéressée aux vivants.

James-Ed, que je n'attendais pas dans le rôle du fils outragé, s'en prend maintenant à son père, après quelques secondes d'une accalmie trompeuse.

— Je ne te pardonnerai jamais !

— Mais de quoi ?

— De ne nous avoir rien dit.

— Il n'y avait rien à dire ! Contrairement à certains, je n'ai jamais accordé d'importance aux commérages. Que ça plaise ou non à tes oncles, ta mère et moi étions amoureux comme au premier jour.

Pour toute réponse, mon frère ricane.

— Statistiquement, fait Melvin, vous seriez bien les seuls.

— C'est à mon fils que je parle !

— Et tu ferais bien de lui dire la vérité, puisqu'il te la demande. Il a trente-trois ans, il n'est pas en sucre.

— Tu veux vraiment que je la lui dise, la vérité ?

Étrangement, Melvin encaisse le coup en silence.

— Arrête Oliver, intervient nerveusement Colin.

— Quoi ? C'est fini ? Vous n'avez plus envie de tout mettre sur la table ? Il faudrait savoir !

La tante Emma éclate de rire.

— On s'est tous laissés emporter, plaide Colin. On ferait mieux de s'arrêter là…

— Oh, toi, ça va. Le meilleur ami, le confident… Tu veux que je te dise ce qu'elle pensait de toi, ma femme ?

— Euh… Non, je ne crois pas.

— Eh bien je vais te le dire quand-même, puisque c'est l'heure des comptes. Oui, elle t'aimait bien, Clara-Eve ! Oui, elle te trouvait gentil, attentionné, et… comment elle disait déjà ? Chou. C'est ça, chou. Jusqu'au jour où elle a compris que le chou, il en pinçait pour elle. C'était tellement évident, tout le monde le voyait ! Et à partir de là, elle était gênée, tu ne peux pas imaginer comme elle était gênée. Elle ne savait plus quoi inventer quand tu lui proposais de la voir pour un petit thé *entre copines*. Tu peux être sûr d'une chose, mon pauvre vieux : si elle avait voulu me tromper, ça n'aurait pas été avec toi, même si tu avais été le dernier homme au monde !

C'en est trop pour Colin, qui se lève en reposant sa serviette.

— Où tu vas ? lui lance Melvin.

— Je m'en vais. Je rentre chez moi.

— À cette heure-ci ?

— Oui, à cette heure-ci.

— N'en fais pas un drame non plus, bougonne mon père. Il n'y a pas mort d'homme.

D'homme, non.

— C'est tout ce que tu as à dire ?

— Je n'ai pas à m'excuser, Colin. Si tu as envie de partir, bon vent.

La tante Jenna, de moins en moins américaine à mesure que les minutes passent, foudroie son mari du regard. La famille. Les convenances. Et comme il se contente d'un sourire provocateur, c'est elle qui intervient.

— Tu ne vas pas prendre ta voiture par ce temps, Colin. Il pleut à torrents, tu as bu, ce n'est vraiment pas une bonne idée.

— Je m'en fiche. Je serai mieux sur la route qu'ici.

Melvin me regarde en coin, je sais ce qu'il brûle de dire, ça transpire, ça transperce, mais non, il n'ajoutera pas mon camion à ce déferlement de rancœurs, pas après tout ce qu'il a dit ce soir, et parce que sa femme le lui ferait payer. Pas les enfants. C'est sacré, les enfants. Même quand ils ont trente-cinq ans et un foie de clochard. Alors il se retourne vers Colin ; la chasse n'est pas terminée.

— Tu n'emmènes pas ta copine avec toi ? ricane-t-il.

— Qui ?

— Ta copine. Celle que tu fais semblant de ne pas connaître depuis le début.

Colin jette un regard effaré à l'autostoppeuse, qui ouvre les mains en signe d'incompréhension.

— Qu'est-ce qui te prend ?

— Ça ne peut être que toi, lâche Melvin avec mépris. Qu'on ne vienne pas me dire que cette fille faisait innocemment du stop, je ne suis pas assez idiot pour croire ça.

— Mais elle est arrivée avec Scott !

— Ouais, et qui l'a déposée sur cette route où personne ne passe, juste aujourd'hui, le jour de l'anniversaire, comme ça, par hasard ? Le bon Dieu, peut-être ?

Les mains tremblantes, la voix tremblante, Colin sort à nouveau de sa coquille.

— Mais je ne la connais pas ! Pas plus que toi !

L'autostoppeuse confirme, timidement, sans convaincre personne. Du bout des doigts, je pousse mon verre dans sa direction, puisque le sien est vide et qu'elle en aura besoin. Mais elle ne le voit pas, fascinée par ce nid de vipères qui se déchirent sous ses yeux parce qu'elle a choisi la mauvaise baignoire.

— Tu as voulu te renflouer, c'est ça ? reprend Melvin avec un rire froid. Avec ton salaire de peigne-cul, un peu de chantage, ça met du beurre dans les épinards.

— Vous êtes devenus fous ! s'emporte le vieux.

Plus livide qu'un cadavre sur une table d'embaumeur, Colin recule, titube, se rattrape à sa chaise. Les regards sont rivés sur lui, maintenant, ça l'angoisse, ça l'étouffe. Ça fait monter ses larmes. Alors il serre les dents, retire ses lunettes et s'essuie rageusement les yeux.

— Ma parole, il va pleurer, le pauvre *chou*, raille Melvin.

À cet instant, avec un cri aigu venu du fond de ses entrailles, Colin Mc Brennan oublie qui il est, où il est, qui nous sommes, et se jette sur son frère. De toute sa masse inerte, il le pousse en arrière, le précipitant au sol avec sa chaise, son assiette, sa serviette, ses couverts, dans un fracas de porcelaine brisée. On crie, on gesticule, les verres se renversent et le cygne achève de s'affaisser dans son plat en argent. Melvin se relève en rugissant, ses mocassins glissent dans les débris, sa femme tente de le retenir et Colin l'attend, ses petits poings fermés en une garde grotesque.

Dire que j'ai failli ne pas venir.

— Melvin, non ! crie la Texane.

Il est trop tard, les oncles s'empoignent, s'insultent, se bousculent, envoient valser une autre chaise, une autre assiette et la carafe de la grand-mère, qui a pourtant survécu aux bombardements du Blitz. L'un d'eux s'est empêtré dans la nappe, les verres se renversent comme un château de cartes, la nappe se gorge de rouge. Un coup sourd, peut-être une gifle. Ron pousse un cri, mon père s'interpose, le patriarche s'en mêle, un semblant de décence semble calmer le pugilat mais ils aboient encore comme des livreurs de banlieue, si près l'un de l'autre que leurs haleines se mêlent, les huîtres, les oignons, l'aigreur, une vie d'aigreur, toute cette crasse qu'ils n'en peuvent plus de cacher.

La tante Emma pleure, maintenant, en silence, recroquevillée sur sa chaise.

Personne ne la regarde.

J'ai replié ma serviette, lentement, en observant ceux qui restent encore assis sagement à leurs places. Carrie, loin de tout, loin de tous, n'a pas décroché un mot depuis le début du repas. James-Ed, le regard vide, tournant et retournant dans sa tête l'infidélité de sa sainte *maman*. Et elle, bien sûr, l'autostoppeuse, mon pauvre petit fantôme, bras croisés, incrédule, un peu plus riche qu'hier, mais pas assez pour ce que je lui ai fait subir.

Ils se sont remis à crier.

Carrie se lève, ignore mon petit clin d'œil et se tourne enfin vers ce bout de table où la fine fleur du clan s'insulte copieusement sans souci du ridicule. Quelques secondes durant, elle les observe. Puis elle lève la main en demandant un peu de silence. Deux fois. Trois fois. À la troisième, elle s'empare très calmement de ses couverts, et les abat si violemment sur son assiette que la porcelaine éclate en morceaux.

— Écoutez-moi, merde !

Cette fois, on la regarde.

En silence.

Alors elle se redresse, et pose d'une voix sourde la question qui commence à me brûler les lèvres.

— Qu'est-ce qui s'est passé dans cette putain de salle de bains ?

28

Un Noël de plus, un Noël de trop. Ce repas interminable, ces conversations interminables, et le poisson, et le soufflé, et Melvin qui ricane. Oliver a raconté la chasse, un si beau tableau, des faisans, des grouses. Des lièvres. Tous ces animaux dans leur sang qu'on a montré aux gosses, pour les durcir, eux aussi, pour qu'ils ne fassent qu'un avec cette horrible maison, pour le jour où peut-être, ils y seront chez eux. Clara ne supporte plus cet endroit. Ces gens qui dînent en cravate, ces domestiques fantomatiques qui la servent sans croiser son regard. Samantha, debout près du buffet, les mains derrière le dos, comme un sergent-major. Colin, secoué de tics nerveux, incapable de détacher son regard d'elle. La tante Emma, qui lui a glissé quelques mots de félicitations pour les beaux enfants qu'elle leur amène. C'est bleu, c'est blanc, c'est propre et bien élevé.

Et le patriarche, bien sûr, dont on boit les mots comme ce vin trop acide, dans un silence recueilli de cathédrale.

Les parents de Clara ne sont pas venus cette année.

Et pour elle, c'est la dernière.

Elle a essayé, Dieu sait qu'elle a essayé. Elle a quitté Thomas, trois fois plutôt qu'une, et chaque fois, il lui a promis d'attendre. Un an, dix ans, le temps qu'il lui faudra. Mais elle ne veut plus attendre. Elle ne peut plus mentir, l'appeler en cachette, voler quelques heures d'oxygène dans des hôtels de gare. Rentrer avant le retour d'Oliver, effacer ses traces comme une espionne, traquer le moindre détail, le moindre cheveu, l'odeur d'après-rasage sur ses vêtements. Risquer de le voir vieillir trop vite, perdre ces années qu'ils pourraient vivre ensemble, l'Italie, la France, le voilier sur le Danube. Elle voudrait le peindre. S'endormir avec lui sans regarder sa montre, puisqu'elle est arrêtée pour toujours. Et baiser, le jour, la nuit, où elle veut, en plein soleil. Ne plus laisser son corps à d'autres mains que les siennes.

Elle va partir.

Oliver est resté de glace, pâle comme un mort. Il a encaissé chaque mot sans un mot. Immobile, les mains crispées sur la cravate qu'il ne parvient pas à dénouer, il respire par saccades. Il ne veut rien savoir, rien. S'il y a quelqu'un d'autre, si elle avait tout prévu, le détruire ici, ce soir, après cette belle fête de famille, par cruauté sans doute, ou par vengeance, pour l'avoir délaissée, parce qu'il travaille trop, parce qu'il chasse, parce qu'il passe du temps au club. Mais ça peut s'arranger, tout peut s'arranger, ce n'est rien, un coup de tête. Sa mère aussi était comme ça. Les femmes sont comme ça. Ingrates. Instables. C'est comme ça qu'on les aime. Il va changer, tout va changer, redevenir comme avant. Ils sont plus qu'un couple, une famille, une belle, une joyeuse famille, l'image du bonheur, d'ailleurs tout le monde le lui dit, au bureau comme ailleurs. Elle ne se rend pas compte. Si elle parlait un peu aux gens, au lieu de ne penser qu'à elle, elle verrait ce qu'ils vivent, à quel point ils sont malheureux, à quel point elle est heureuse. Si elle savait combien de femmes ont encore la chance d'être touchées par leur mari, après dix ans de vie commune.

En cas de divorce, il demandera la garde.

Il l'obtiendra.

Elle n'aura plus rien. Ni personne.

Son regard est devenu fiévreux, presque brutal, et maintenant il la traite de salope, à croire que toute sa belle éducation n'est qu'un château de cartes. Quelle espèce de femme est prête à perdre ses enfants ? Il n'y a que les putes qui les abandonnent. Oui, les putes. Et les folles, et les miséreuses, et les filles-mères. Celles qui triment sans pouvoir les nourrir. Clara tente de ravaler ses larmes et d'accepter enfin, dans cette chambre qu'elle déteste, qu'elle est prête à tout perdre pour respirer à nouveau.

Il est temps de vivre.

29

Les voix résonnent encore, quelque part derrière moi. C'est la fin du repas, la fin du spectacle, et dans quelques minutes ils reprendront leurs rôles, sans avoir lâché autre chose que des miettes. Ce qui s'est passé dans la salle de bains bleue, la nuit du 24 décembre 1975, nous n'en saurons jamais que ce qu'ils ont bien voulu dire. Aux premiers mots de mon père, digne et sentencieux comme si le dîner n'était déjà qu'un souvenir, j'ai compris que le couvercle de cette foutue boîte de Pandore allait se refermer. Il trompera James-Ed, et peut-être Carrie, qui sait, avec ses pauvres techniques de psychologie d'entreprise, qui font merveille lorsqu'il s'agit de sous-payer ses secrétaires. Pas moi. Lâcher une information pour en dissimuler une autre, c'est un écran de fumée pour imbéciles, et puis je m'en moque, moi, de ce qu'il a à nous dire sur l'infidélité de ma mère.

Qu'elle l'ait trompé ou non, ça ne regarde qu'elle. Et lui. Personne n'aura touché à la légende de la femme parfaite, fauchée à trente ans par une artère malveillante. La pierre se reposera sur le nid de vipères, l'autostoppeuse reprendra la route, et l'année prochaine, tout le monde aura oublié la seule question qui reste sans réponse.

Qu'est-ce qui s'est passé dans cette putain de salle de bains ?

Il n'y a qu'un moyen de le savoir.

Plus glissant que jamais, le dallage sombre du couloir de l'office ravive ma sensation de patiner sur un lac gelé. Il n'a jamais changé, cet éclairage blafard, les vieilles ampoules jaunâtres de l'aile de service. L'envers des lustres, la lumière des pauvres. Personne ne l'emprunte, ce couloir, à part les domestiques et moi, quand je m'y aventure dans l'espoir de dénicher un rhum de cuisine ou une canette de bière. Ce soir, ma jambe laisse dans son sillage une longue traînée mate sur les pavés lustrés. Et comme toujours, le souffle me manque. Il n'y a rien ici pour se cramponner au passage, ni meubles ni tentures, juste quelques poignées de portes, dont la lueur cuivrée me rassure un peu.

— Monsieur Scott ? Vous avez besoin de quelque chose ?

Samantha s'est levée d'un bond, comme si j'étais le patriarche en personne. D'instinct, elle rajuste son tablier, vérifiant d'un coup d'œil que la pièce est en ordre. Les éviers sont propres, les placards fermés, les torchons soigneusement pliés mais tout de même, elle paraît tendue, nerveuse, impatiente. Ce soir n'est pas un soir comme les autres, et même si on lui a appris à ne jamais poser la moindre question, ses yeux en disent long sur son inquiétude. Bien sûr. Les cris, les insultes, la vaisselle cassée, elle a dû tout entendre, puisqu'elle entend toujours tout. Elle fait corps avec la maison, elle respire par ses murs, elle voit à travers ses yeux.

— J'ai une question, Samantha.

— Il ne fallait pas vous déranger, vous auriez dû sonner.

— Qu'est-ce que vous pouvez me dire sur la mort de ma mère ?

La question, brutale, lui fait plisser le front.

— Je ne comprends pas, monsieur Scott.

— Vous étiez là, n'est-ce pas ?

— Oui, j'étais là. Vous ne vous rappelez pas ?

— Pas vraiment. Je n'ai pas beaucoup de souvenirs de cette nuit-là.

— Vous étiez trop jeune.

Dix ans, tout de même.

— Dites-moi ce qui s'est passé, Samantha. Je vous donne ma parole que ça ne sortira pas d'ici.

— Vous le savez comme moi, répond-elle d'une voix étranglée. Madame Clara a eu un malaise et… la pauvre…

— Non, pas cette version. Je la connais par cœur.

— Je ne sais pas quoi vous dire d'autre, monsieur Scott. C'était une nuit terrible, la chose la plus triste qui soit arrivée à cette famille.

— Ça aussi, je le sais.

Au bout du couloir, dans la cuisine, une bouilloire se met à siffler.

— John va servir les infusions, monsieur Scott. Si vous voulez retourner à la salle à manger…

— Qu'est-ce qui s'est passé dans cette salle de bains, Samantha ?

— Je ne sais pas ! J'étais ici, à l'office, quand… quand c'est arrivé.

— Ben voyons.

— Vous ne croyez tout de même pas que…

Et voilà, nous y sommes. Rien n'est dit, mais c'est tout comme.

— Non, bien sûr que non. Je ne vous accuse de rien. Je veux juste comprendre, et nous savons tous les deux que rien de ce qui se passe dans cette maison ne vous échappe.

— Nous savons aussi que je ne mens jamais, s'indigne-t-elle. J'étais ici, dans cette pièce, en train de finir de ranger l'argenterie. Je n'ai rien oublié de cette horrible soirée, pas une seule minute, j'en fais encore des cauchemars.

La silhouette du vieux John, chargé d'un plateau où fume une théière, passe furtivement dans le couloir.

— Et vous n'êtes pas montée à l'étage.

— Si, bien sûr, comme tout le monde, quand j'ai entendu crier. On m'a chargée d'appeler les secours, j'ai couru au téléphone, mais c'était trop tard, madame Clara était déjà…

Son hésitation me fait sourire. Je n'ai jamais compris pourquoi les gens répugnent à prononcer le mot, comme on se signe en murmurant le nom du diable. Ma mère nous a quittés. Ma mère est partie. Ma mère est décédée.

— Morte.

— Oui, la pauvre. Le docteur n'a rien pu faire, c'était trop tard.

— Je suppose que vous ne savez pas non plus qui était à l'étage au moment où ça s'est passé.

Elle me lance un regard étrange, embarrassé, indéchiffrable.

— À ma connaissance, il n'y avait qu'une personne là-haut, quand madame Clara est montée.

— Eh bien voilà. On peut savoir qui ?

Un instant de silence. Un tout petit instant de silence. Mon cœur s'est mis à battre plus vite, pour la première fois depuis quatre ans et dix jours. Je ne sais pas si j'ai envie d'entendre sa réponse, je ne sais plus, mais il est un peu tard pour reculer.

— Vous, monsieur Scott.

30

Voilà, c'est fini. Demain matin, elle se fera accompagner à la gare pour rentrer à Londres avant les autres. Elle les laissera là, dans ce vieux manoir qui les obsède, ruminer leur colère et décrocher son portrait. Ils battront le rappel de leur armée d'avocats, ces requins serviles qui tueraient pour eux. Ils gagneront peut-être, à moins que non, parce que les temps changent. Clara n'a pas envie d'y penser. Pas maintenant. Demain, ce sera Noël, vraiment Noël. Pas le 25, ce jour de deuil déguisé en fête, qu'elle s'est infligé pendant dix ans.

Il n'y aura pas de chasse.

Dans la salle de bains bleue dont les fenêtres donnent sur la lande, elle a fait couler un bain. Un bain de mousse, presque brûlant, pour détendre ses muscles noués comme du bois mort. Elle a monté une bouteille de cognac, un verre et des glaçons, même si c'est une hérésie. Elle n'est pas une lady, elle ne l'a jamais été, elle mettra des glaçons dans le cognac, la vodka, le Grand-Marnier et même le thé si ça lui chante.

Ce soir, elle est libre, même si elle a encore du mal à s'en rendre compte. C'est difficile, ici, dans leur caveau de famille, où chaque miroir semble lui rappeler le poids de ses fautes. Mauvaise mère. Mauvaise femme. Elle aimerait se sentir légère mais les larmes montent, dans les vapeurs de cognac.

La bouteille s'est renversée au pied de la baignoire.

C'est peut-être ça qui sent si fort.

Son sac est déjà fait, il attend à l'office, avec son manteau, ses bottes, son parapluie. Il n'y a plus rien là-haut, dans la chambre, qu'un mari en rage et dix ans de mauvais souvenirs. Au troisième verre, elle a cessé de se poser des questions, de toute manière il est trop tard, c'était plus fort qu'elle, et elle ne regrette rien. Rien que ces années perdues, et le mal qu'elle va faire. Oliver endossera parfaitement son rôle, père brisé, père courage. Il la salira. Il lui fermera les portes de ces endroits qu'elle déteste, le haras, le country club, le golf, comme s'il se punissait à travers elle. Il la traînera dans la boue, peut-être au tribunal, mais elle ne s'en soucie plus vraiment, du moment qu'il ne s'approche plus, qu'il ne la touche plus, qu'il ne lui parle plus. Ce soir, elle dormira quelque part, dans une chambre vide, sur un lit sans draps, sur le sofa du salon indien ou peut-être ici, dans cette baignoire, enfouie jusqu'au menton dans la mousse. Ou alors elle ne dormira pas.

Derrière elle, la porte s'ouvre.

Des pas résonnent sur le carrelage.

Elle ferme les yeux.

31

Putain de baignoire. Mon pèlerinage, ma via dolorosa, mon reliquaire. Putain de sanctuaire, qui sent la crème, le savon, la noyade. C'est ici que ça devait finir, ici que j'aurais dû commencer. Sur cet émail si froid qu'il transperce mon costume, ma nuque, mes os ; je l'entends presque murmurer, me dire que je lui manque. Moi aussi je me noie, c'est un peu mon hommage. Sans eau, sans mousse, dans la dernière bouteille qui me reste, dont j'ai bu le quart, la moitié, peut-être plus, je n'en sais rien.

Ma mémoire, cette gueule de bois.

Elle remonte à la surface.

Elle me revient par vagues.

J'ai fermé les yeux, j'ai laissé monter la vague. Comme un vomissement, des oignons tièdes sous une lame de couteau, cette farce visqueuse qui s'accroche à mes tripes depuis vingt-cinq ans. Elle m'a étouffé, elle m'étouffe encore, même ici, dans cette baignoire où je la crache enfin. Dix ans, c'est trop vieux pour oublier.

Quelle idée, aussi, de jouer seul dans un couloir.

Elle est toujours là, dans son alcôve, cette affreuse console de je ne sais plus quel siècle, pieds dorés, plateau de marbre, qui me servait de cockpit. C'est là, assis par terre dans la poussière, les pieds calés dans les dorures, que je pilotais des avions de chasse, des vaisseaux spatiaux, des voitures de course. C'est là que j'ai vu mourir ma mère.

C'est presque drôle de s'en rappeler comme ça.

Elle était là, dans cette baignoire, derrière cette porte, j'entendais l'eau couler, et ça chassait les fantômes. J'étais près d'elle. Sans faire de bruit, sans faire de vagues, parce qu'on ne dit pas ces choses-là, pas quand on est *un grand.* On n'a plus peur, à dix ans. De rien, du noir, des craquements, des ampoules qui grésillent. Des portraits aux yeux morts. On est un homme. Un Mc Brennan. Et on joue à la guerre, sous des meubles de château achetés aux enchères.

Je me souviens de tout, chacun de mes battements de cœur.

Les pas dans le couloir, les mocassins luisants. La silhouette immobile, debout devant la porte, longtemps, trop longtemps, qui hésite à frapper, la main suspendue qui finit par s'abaisser, les jambes de flanelle grise, le visage qu'on ne voit pas sous cette foutue console, le malaise qui monte, la voix qui dit non, ce n'est pas normal, on n'entre pas dans une salle de bains, pas quand maman prend son bain – voilà que je l'appelle maman, je ricane comme un idiot – et la porte qui s'ouvre, la porte qui se referme, le silence.

La maison respire, je la sens respirer.

Et j'ai perdu ma bouteille.

C'est à ce moment qu'elle a dû voir son visage, dans ce miroir, ou peut-être pas, avec la buée, avec ses yeux qui se fermaient, à moins que ce ne soient les miens. Je ne sais pas ce qui s'est passé dans cette *putain de salle de bains*. Pas vraiment. Je sais que la porte s'est rouverte, qu'il est ressorti, qu'il a repris son souffle, qu'il a repris son visage, et rajusté sa cravate.

Une minute. Peut-être plus.

C'était très long.

Par la porte entrouverte, je crois que j'ai vu son bras, mort, mort comme elle, qui pendait le long de la baignoire comme je laisse pendre le mien aujourd'hui, mais peut-être que j'imagine. Qu'importe, il était là, son bras. Et il ne bougeait plus, parce qu'elle était morte. Je suis trop fatigué pour tourner la tête, mais si je la tournais, je me verrais peut-être, là-bas, dans le couloir, sous ma console, pleurer en silence au lieu de hurler comme une bête.

Un gentleman ne se donne pas en spectacle.

Même à dix ans.

J'entends encore son pas nerveux, le déclic de son briquet, je sens la fumée de sa cigarette. Je l'ai avalée, sa fumée, elle me soulève encore le cœur, elle me donne envie de vomir, de la vomir, de sortir de mes poumons jusqu'au souvenir de l'air qu'il a respiré.

Douglas Mc Brennan. Putain de patriarche.

Avec ses ridicules boutons de manchette aux armes de la famille.

Il est revenu ici, dans la salle de bains, les pieds sur ce tapis bleu et blanc, pour s'assurer qu'elle ne bougeait plus, ma mère, au fond de sa baignoire, sous l'eau, sous la mousse, à trente ans, plus jeune que moi, merde, avec son auréole, sainte Clara-Eve, la perfection, la beauté, le talent. On ne canonise pas les vivants.

J'ai voulu reprendre mon vol, mon vaisseau spatial au secours de la Terre, jouer encore, et encore, mais ça n'effaçait rien, ni la fumée, ni le bruit des pas.

La nausée.

Ce whisky est imbuvable.

Mon père est arrivé le premier, je me souviens de ses chaussures, puis les oncles, je ne sais plus dans quel ordre, les chuchotements, les quintes de toux, les larmes, le corps trop lourd qui ruisselle, qui tombe comme un sac, l'eau, toute cette eau, la nudité qu'on ne veut pas voir, un rideau de douche pour linceul et son pied qui dépasse, avec son vernis rouge sombre. Ils ont parlé, à voix basse. Pleuré aussi, je crois. Comme ils pleurent depuis toujours leurs femmes noyées, leurs femmes silencieuses.

Des portraits.

C'est tout ce qui leur reste.

La voix du patriarche couvrait les autres, un peu rauque, un peu sèche, ses mots rebondissaient jusqu'à moi ; j'aurais pu les attraper, les avaler, comme sa fumée que je sens encore.

Arrête de pleurer.

Arrête.

Elle allait prendre tes enfants.

Un Mc Brennan ne perd pas ses enfants.

C'est difficile de sortir d'une baignoire, mais moi j'en sors en vie. Avec le souvenir assourdissant des hurlements de tante Emma, la main de Samantha sur mes yeux, ne regarde pas, viens, elle est tombée, elle est malade, ça s'arrangera, tout s'arrange avec le temps. Tu vivras ta vie, tu fêteras ton premier million, ta première Jaguar et un soir, tout s'arrêtera dans les phares d'un semi-remorque qui transportera des briques, oui, des briques, pour construire des bâtiments moches dans des banlieues moches. C'est ça qui te tuera, toi, petit con, qui croit encore à la vie.

J'ai refermé la salle de bains bleue.

Sans lâcher ma bouteille, je traîne ma jambe dans l'escalier, et pendant que cette maison se nourrit de leurs âmes, je me dirige vers cette salle où je ne suis plus entré depuis des années, depuis que j'ai perdu le goût de tuer. Elle sent toujours le cuir, la terre, la toile humide et la poudre. Quelque chose vient se prendre dans mes jambes, une paire de bottes, cuir noir, cuir fauve, je n'y vois rien dans cette pénombre. La ligne noire des meubles. Les reflets de la pluie sur les carreaux de la fenêtre. Rien d'autre. Le reste, c'est ma mémoire, ma foutue mémoire, ces images qui dansent sous mon crâne. C'est mieux comme ça. Je ne veux pas les voir, ces têtes accrochées au mur, leurs yeux de verre, leurs bois, leurs cornes. J'en ai tué, moi aussi. J'ai posé devant leurs cadavres. Pour oublier ce que j'étais, ce que je suis, ce que j'aurais dû être.

La clé de l'armoire n'est plus au même endroit, il n'y a plus que des cartouches dans ce tiroir, à moins que Johnny Walker ne joue avec mes souvenirs. Ça fait longtemps, quatre ans, c'est beaucoup quatre ans, pour une clé. Alors je casse, ça va plus vite, un coup de coude dans la vitrine, une pluie de verre, une dernière gorgée de cette bouteille déjà vide.

Je n'ai pas besoin de lumière.

Pas ici.

Ma main glisse sur les crosses, mes doigts remontent sur les canons. J'ai l'impression de retrouver de vieux amis, même si je les déteste, même si je me déteste pour ce qu'ils m'ont fait faire. Je les connais tous, les vieux, les jeunes, chacun son rôle, son calibre, son grammage. Ceux qui tuent les perdrix, ceux qui tuent les sangliers. Ceux qui tout à l'heure ont eu raison de deux lapins, pour la photo, pour la gloire, pour le millénaire qui s'achève. Le fusil que je cherche est là, en bout de râtelier, avec sa culasse pleine de graisse et sa lunette de visée qui ne servira pas ce soir.

Celui des éléphants.

Celui que le père du père de mon père emmenait au bout du monde, dans ces colonies qui n'existent plus.

Il est lourd, plus lourd que dans mon souvenir. La balle s'est glissée dans la chambre, elle s'est couchée face au canon, ce long sillon où elle glissera en tournoyant sur elle-même, jusqu'au bout, jusqu'à la lumière, si vite que ça lui donnera le vertige, comme à la fête foraine.

Je ne sais plus où j'ai posé ma bouteille.

Pourvu qu'il me reste une dernière gorgée.

32

Demain, c'est Noël. C'est la dernière fois que la vois, cette maison, la dernière, et je crois que ça m'attriste. Je l'ai tellement rêvé, ce moment, tellement fantasmé, sans imaginer sa forme, que chaque pas me paraît familier. Je lui appartiendrai toujours, comme nous tous, je la porterai, je la détesterai, j'en ferai mon ombre. Mais je ne la reverrai plus.

Je quitterai Dun Mansion comme on quitte une femme, avec tout mon amour, avec toute ma haine, le vertige de l'alcool, le poids des années, les regrets, les remords, et les souvenirs figés des moments heureux.

Alors je la regarde, comme si c'était la première fois.

Chaque recoin, chaque corridor. Chacune des craquelures dans les planchers cirés. La porte du jardin qui n'a jamais fermé, l'usure des tapis, les franges qui s'effritent, et la lucarne, cette lucarne qui nous faisait si peur, trop ronde et trop noire, ouverte sur l'orage. Les dessous de la noblesse, les crevasses derrière les meubles. L'humidité sous les tentures. La douce chaleur du poêle, le vent dans les couloirs. Mille teintes de gris, de brun, de rouge. Et cette odeur indéfinissable, lourde et rassurante, qui me poursuit jusqu'à Londres.

J'aurais voulu me sentir libre.

Il n'y a plus personne dans la salle à manger, rien ni personne, pas même un éclat de porcelaine. Tout a repris sa forme, tout a repris son cours, immobile, éternel, les fleurs mortes sur la table, les chaises alignées comme des petits soldats. C'était mon dernier Noël, mon dernier anniversaire. Je lui manquerai, je sais que je lui manquerai, mais d'autres s'occuperont d'elle, l'année prochaine, l'année d'après, l'année suivante. James-Ed lui fera des enfants, de beaux enfants sages, et ils chasseront ensemble, de décembre en décembre.

Cette maison ne peut pas mourir.

En haut du grand escalier, je m'arrête pour reprendre mon souffle.

Il est lourd, ce fusil.

Et ces foutues marches.

Voilà, un dernier couloir, et ce sera terminé. Je les sens, tous, derrière chaque porte, dans leurs chambres silencieuses, dans leurs lits trop froids, le cœur chargé d'un sommeil de fièvre.

Cette nuit, je serai ailleurs.

J'ai attendu devant la porte, comme lui. Longtemps, comme lui. Les yeux fermés, le nez gorgé de bois, de cire, de poussière, de silence. Ma tête ne tourne plus, mes mains ne tremblent plus. Johnny Walker s'est endormi, et moi je me réveille.

La poignée bascule sous mes doigts.

Il est là, le vieux, le patriarche, long et maigre dans son pyjama de soie bleue, avec ses fines rayures, ses pantoufles, je crois qu'il m'attend.

Tu aurais pu t'habiller, Douglas Mc Brennan.

Tu aurais dû.

Dans cette chambre qui sent le vieillard, debout près de ce lit où il dort seul depuis toujours, il se tient droit, il me regarde. Sur sa table de nuit, sa femme aussi me regarde, sous son chapeau des années folles ; j'aurais presque voulu qu'elle soit là.

Je n'ai rien à dire.

Lui non plus n'a rien à dire.

Mais derrière ses yeux délavés, je sais qu'il attend. Ça fait vingt-cinq ans qu'il m'attend. Vingt-cinq ans qu'il les regarde couler, cet interminable naufrage. Sa belle-sœur est devenue folle. Son aîné vit dans une chapelle expiatoire. L'autre est en exil, pour oublier ce qui le hante, et le cadet s'effrite, seul avec le souvenir de celle qu'il n'a jamais eue.

Il les a tous noyés avec elle, ce 24 décembre 1975, à l'heure où je me tiens devant lui aujourd'hui.

Tout ça est un peu théâtral, je sais, mais il me doit bien ce petit luxe.

Les yeux dans ses yeux, je m'avance vers lui, assez près pour sentir son haleine acide. Et sans un mot, je plaque le fusil sur son torse décharné, ce pyjama couleur de salle de bains, jusqu'à ce que ses doigts se referment sur la crosse.

Ça me soulage de ne plus sentir son poids.

Le vieux est resté de marbre, c'est la moindre des choses, et moi je lui souris, parce qu'à cet instant, je suis un peu elle. Ce ne sera même pas une libération, Douglas Mc Brennan, parce que tu crois à la vie éternelle ; moi aussi ce soir je veux y croire, et je te souhaite de vivre avec tes fantômes jusqu'à la fin des temps.

Du haut de l'escalier, je jette un dernier regard sur le grand hall.

J'ai pris mon sac. J'ai éteint la lumière de ma chambre. J'ai marché sans bruit, pour ne réveiller personne. Et j'ai hésité, un peu, à chercher l'autostoppeuse, pour la raccompagner à Londres ou ailleurs, mais je ne sais pas où elle dort, je ne sais pas où elle veut aller, et puis au fond, je m'en fous.

Il ne pleut plus, plus vraiment, un reste de bruine qui salue mon départ, parce qu'un Noël sans pluie, ce n'est pas Noël. Ma voiture est si sombre qu'on la voit à peine, mes clés se terrent au fond de ma poche, la maison fait durer les adieux. Le siège est glacial, je cherche ma ceinture, et là-haut, au premier étage, une lueur furtive illumine un instant la fenêtre du patriarche. La détonation résonne, jusqu'ici je ressens son écho, j'ai l'impression qu'elle vibre dans mes épaules.

Je me demande combien d'éléphants l'ont entendue.

Le moteur se fait prier, comme toujours quand il fait froid, puis il démarre enfin et les phares éclairent la façade. Des lumières s'allument, les unes après les autres, mais je ne m'en soucie pas, je ne m'en soucie plus, dans le roulement sourd de mes pneus sur les graviers.

Dans quelques heures, ce sera Noël, et je serai loin.

Il me reste un fond de vertige, un fond de tristesse, un fond de nausée. Et un fond de bouteille que j'ai oublié là, entre deux sièges, un peu de compagnie pour la route, un peu de chaleur, cette brûlure qui m'apaise comme personne n'a jamais su le faire.

Ça me fait du bien.

Ça me fait revivre.

Et la route m'ouvre les bras, comme si elle m'attendait du haut de son escalier, avec sa ligne blanche qui n'en finit pas, et son sourire de bitume.

Je sais, je ne devrais pas conduire dans cet état.

Remerciements

Merci à ceux qui ont mis du vent dans mes voiles, et sans qui j'aurais ramé :

Julia, my love, qui ne m'a jamais laissé couler.

Violaine et Véronique, qui ont cru en ce voyage dès le premier jour.

Clara Mc Brennan, qui n'a pas mérité ce que je lui ai fait vivre.

Et l'équipe du Masque, toujours sur le pont.

Avec toutes mes excuses pour ces métaphores marines, qu'on mettra sur le compte de l'émotion.

Cet ouvrage a été composé par Belle Page
pour le compte des Éditions J.-C. Lattès
17, rue Jacob – 75006 Paris
et achevé d'imprimer sur Roto-Page
par l'Imprimerie Floch à Mayenne
en juin 2023

PAPIER CERTIFIÉ

JC Lattès s'engage pour l'environnement en réduisant l'empreinte carbone de ses livres. Celle de cet exemplaire est de :
430 g éq. CO_2
Rendez-vous sur www.jclattes-durable.fr

N° d'édition : 01 – N° d'impression : 102816
Dépôt légal : septembre 2023
Imprimé en France